これが「買い」だ

私のキュレーション術

成毛眞

MAKOTO NARUKE

新潮社

これが「買い」だ　私のキュレーション術　目次

4 「本物」を手に入れるための方法

5　ビジネスヒントはここにある

これが「買い」だ

☆

私のキュレーション術

0　逆張りの思考でいく

◇アマノジャクに生きる

この世にはアマノジャクな人間がいるものだ。

よく「逆張りの経営戦略」「逆張りの人生」といった言葉を目にするが、時代の流れにあえて逆らい、人が選ばないことにお金や時間をかける連中だ。

「逆張り」はもともと証券用語。株価が下がっているときに買い、上がったときに売る投資方法で、この反対を「順張り」という。上昇相場で玉《ギョク》を仕込む順張りに対し、逆張りはアマノジャク的である。が、破綻寸前の会社でもないかぎり、株価がゼロになることはほとんどない。どこかで上昇に転ずることがあろうから、いつかは儲かる可能性があるはずなのだ。

ただし、このやり方で儲けるには、時間がかかることを覚悟しなければならない。ときにとめどない下落を横目で見つつ、ひたすら上昇気流を待つことも必要だ。その到来が1年後か、10年先か、それは誰にもわからない。

人間に「順張りタイプ」と「逆張りタイプ」があるとするなら、私は明らかに後者である。

世間が美徳とする我慢や忍耐は大嫌い、これまで人生に目標らしきものをもったこともない。大学卒業後は知り合いの伝手《つて》で自動車部品メーカーに入り、大阪勤務になったのを機に出版社のアスキーに転職した。出社初日にマイクロソフトへ出向を命じられ、以後20年をコンピュータ業界で費やす。

その間、私は35歳からおよそ10年間、マイクロソフトの社長を務めた。そして、2000年に社長を辞した理由の一つは、「誰もが大声で『IT』と叫び出したこと」だった。時はITバブル絶頂期。「世間がIT一色に染まったから、ソフトウェア会社の社長を辞める」という発想は、逆張り以外の何物でもないはずだ。

もう少し、私の人生を逆回ししてみよう。

私の逆張り志向は、少年時代からの筋金入りだ。小学5年から中学3年までの間、私はクラスの議長だった。仕事はホームルームの司会。クラスメートの意見を自分の思う方向に先導する特権はあっても、具体的な責任はない。実際に人をまとめ、決めたことの責任を取るのは学級委員長の役割だ。私は面倒なことを避けつつ、自分の欲求を満たす術をすでに身につけていた。同じように目立ちたがりの子どもでも、順張りタイプは間違いなく委員長を目指すだろう。

さらに、生まれた年まで遡ってみる。私は1955年生まれである。自慢じゃないが、この年の逸材輩出率は高い。ビル・ゲイツ、スティーブ・ジョブズをはじめ、フランス大統領だったサルコジ、俳優のケビン・コスナー、ゴルフのグレッグ・ノーマンなど、錚々たる顔ぶれだ。日本人では、亡くなった中村勘三郎と坂東三津五郎、明石家さんまや千代の富士、世界選手権10連覇を果たした競輪の中野浩一もいる。残念ながら麻原彰晃も55年生まれだ。

とくにIT業界の立役者が多いことは特筆に価する。グーグルを育てたエリック・シュミット。ワールド・ワイド・ウェブの考案者であるティム・バーナーズ＝リー。少し視野を広げて前年の54年を見ると、ヒューレット・パッカードのCEOだったカーリー・フィオリーナやサン・マイクロシステムズの創立者スコット・マクネリらがいるだけだが、現在のネット社会はこのころ生まれた人間がつくったのである。

彼らが20代だった70〜80年代、「IT」を声高に叫ぶ人間など一人もいなかった。にもかかわらず、彼らは値上がりなど期待できな

い玉に人生を賭けたのだ。私の逆張り志向が生まれつきなのも、ご理解いただけるだろう。

長い目で見れば、アマノジャクが得するケースは、じつは意外に多いのである。

◇逆張りを押していく

投資には「順張り」と「逆張り」があるという話をした。

前者は、株価が上がっているときにその株を買い、下がり始めたら売って利益を得る手法だ。マーケットの流れに素直に従って売買する分、比較的、誰でも手を出しやすい。

一方、後者は、株価が下落、もっといえば暴落しているようなときに買い付け、上昇に転じたときに売って稼ぐ。順張りのように常に市場の動向を見て売り買いしなくていい反面、焦らずに待てるだけの度胸がいる。

逆張りで有名なのが、アメリカの投資家ウォーレン・バフェットだ。

記憶に新しいのが2008年のリーマン・ショック。金融業界が震撼するなか、バフェットは経営危機に陥ったゴールドマン・サックスに50億ドルもの大金を出資して、世間を啞然とさせる。

少しでも経済を知る人なら、これがいかに常識破りの行動かわかるはずだ。しかし、バフェットは正しかった。2013年10月の『ウォール・ストリート・ジャーナル』によれば、この巨額投資は、同じころ彼が行った他の投資と合わせ、結果的に100億ドルの利益をもたらしたという。

思えばこの100億ドルにも、5年の歳月がかかっている。そもそもバフェットは、コカ・コーラやウォルト・ディズニー、アメリカン・エキスプレスといった安定的に成長する企業の株を買い、長く保有することで莫大な利益を上げてきた。その基本方針は、これらの企業の経営にあれこれと口を出さないこと。逆張りの最大の勝因は、「ほったらかして待てること」にあるのかもしれない。

話は飛ぶが、私が初めてコンピュータを見たのは15歳のときである。

当時住んでいた札幌で、富士通のFACOM230という汎用機を目にしたのだ。40年前のその機械は自動車よりも大きかったが、毎秒1000回程度の掛け算しかできなかったのである。現代の炊飯器にも及ばない。

一方、私と同い年のビル・ゲイツは、13歳にしてすでにプログラミングを始めていたという。高校時代にはその才を生かし、企業からアルバイト料ももらっていた。断っておくが、金に困っていたわけではない。ビルの父親は西海岸でも有名な弁護士、母親は裕福な銀行家の娘で、全米屈指の募金団体ユナイテッド・ウェイの理事。家庭はとてつもなく恵まれていた。

1975年、ビルは19歳でマイクロソフトを創業する。しかし、同社の株価が本格的に上がり出すのは「Windows 95」の発売以後だ。その間およそ20年、ビルはどこまでものになるかわからない技術に、ひたすら投資していたことになる。この長期投資が、結果としてビルを桁外れの

「逆張りの成功者」に押し上げたことは言うまでもない。

もちろん、こんな生き方が誰にでもできるわけではない。たいがいの人は、人生においても順張りを選ぼうとするのではないか。皆が入りたがる会社に就職し、住みたがる場所に家を買い、誰もが羨む女性と結婚する。そんな人生に憧れる人はいくらでもいる。

しかし、世間の価値観に素直に従う生き方は、意外に手がかかるものである。毎朝、満員電車に揺られて通勤し、限られたポストを同僚と競い合い、妻の機嫌を延々ととり続ける人生はしんどい。

順張りのデメリットは、常に世の中の動きを見ながらあくせく働かなければならないところにある。が、ビジネスでも人でも、まともに育てようと思ったら、10年や20年はかかるはずだ。その間、気長に放っておいたほうがうまくいくケースは多い。私が逆張りを推す所以である。

「ほったらかして待てること」は、じつは偉大な才能なのだ。

◇運の総量は決まっている

人生で成功するには「ウン・ドン・コン」が大事だといわれる。運と鈍感さと根性である。実は、これらは逆張りで成功する上でも大切な要素だ。

運については説明するまでもないだろう。人生の成功者に、「あなたはなぜ成功したのか」と聞くと、たいていは「運が良かったから」と答える。「俺が努力したから」などと答える人には、もう先がないと思ったほうがいいかもしれない。自分の成功要因をよく理解できていないからだ。

私は完全な無神論者だが、運の存在だけは信じている。そして、一生分として与えられる運の総量は、人それぞれ、生まれながらに決まっていると思っている。

この世には多幸な人と薄幸な人がいる。もともと持っている幸運の量が変えられないなら、大事なのはつまらないことに運を使ってしまわないことだ。

そう考えると、ビジネスの成功者にギャンブル好きがいないのもうなずけるのではないか。ルーレットにはまるビル・ゲイツや孫正義など想像もできないはずだ。賭け事をすれば必ず勝つことがあり、勝てばそのぶん貴重な運をすり減らすことになる。子会社の金をカジノに注ぎ込んで実刑判決を受けた、大王製紙の前会長がいい例だろう。

私は自分の運の良さを知っているから、普段から駅のホームでもできるだけ端を歩かないようにしている。脇からフラフラとやって来た酔っ払いが私にぶつかりそうになったとしても、運を使って靴ひもを直そうとかがんで無意識によけてしまうかもしれない。命拾いはありがたいが、そんなことで大量の運を消費するのはご免だ。

「ウン・ドン・コン」に話を戻そう。

二つ目の鈍感さもまた重要な要素だ。世間を見回せば、成功者には鈍い人が多いことに気づくはずだ。彼らの長所は、失敗しても、やたらとくよくよしたり、必要以上に落ち込んだりしないこと。じつはこのタイプは成功にも鈍い。望み通りに事が運んでも「なんだ、この程度」で済んでしまうから、さらに大きな成功を目指して淡々と努力することができる。

敏感な人だと、こうはいかない。小さな失敗にも大きく落ち込み、逆に少しばかり物事がうまくいっただけで簡単に舞い上がる。経営するラーメンのチェーン店が5店舗になったからと、いきなりフェラーリの新車を買うのもこの人種だ。しかし、その程度で満足していては、さらに大きな成功は望めない。成功に無頓着でいられる鈍さこそ、大成の秘訣なのだ。

三つ目の根性はどうだろう。根性というと、スポ根のようながむしゃらな努力を思う人が多いかもしれない。が、ここでいうのは、同じことを飽きもせずダラダラと続けられる気質である。実際、強いスポーツ選手にはそういう根性を持った人が多い。

「関取、今日の勝負はいかがでしたか」

「一番一番やるだけです」

「今場所は優勝では？」

「明日がんばるだけです」

これである。余計なことは考えず、過剰に気負うこともなく、やるべきことにただ黙々と取り組む。この愚直さが、最終的に大きな勝利をもたらす。

価格の低い株にあえて投資し、上がったときに一発逆転を狙うのが逆張り的生き方だ。いつ上がるかもわからないものを、「いつか上がるかもしれない」と思いながら待つには、人の言葉や流行に左右されない鈍感さと気長な根性がいる。鈍感さも運と同じく、生まれつきのものであることが多い。が、ダラダラと粘る根性くらいは、心がけ次第で持てるのではないか。

もう一つできることは、果報を寝て待つ間に運をムダ遣いしないことだ。

やはり、ホームでは端を歩くべきではないのである。

◇おもしろそうなほうを選ぶ

私の逆張り志向は、生まれた時代と関係しているかもしれない。このことは、私より一世代前の団塊の世代と比べてみるとわかりやすい。

よく言われるように、団塊の世代は競争好きだ。一学級の生徒数が80人近い環境で、絶えず他人と競っていたのだから、目標はおのずと高くなる。「AよりもBよりも俺のほうができる」という状態を突き詰めていけば、最終的には「東大法学部→大蔵官僚」というエリートコースを目指すことにもなる。「国家のために奉仕したいから」ではなく、「一番難しい就職先だから」大蔵省に入ったという人間は少なからずいたはずだ。

一方、私が小学生になった頃、クラスは今と変わらない40人程度。当然、たいした競争もないから、難しいゴールをあえて目指そうという発想自体がない。

そのせいか、同世代には、人生を気楽に考える人間が多い。大企業で出世するより、誰も知らない会社で面白いことをするほうを選ぶ、まさに逆張りタイプである。同い年の官僚には、霞が関をドロップアウトし、民間に移った変種もごろごろいる。役人から中堅企業の社長に転身した安延申《やすのべしん》さんなど、その代表だろう。通産事務次官候補だった。

私自身は、ITバブルの絶頂期にマイクロソフトの社長を辞め、企業向けの投資コンサルティング会社を起こした。成功する保証などどこにもないが、面白そうなほうを選んだのだ。

ところで、前にも言った通り、逆張りには時間がかかる。この会社も、マイクロソフト時代から構想を描き、創業までに10年、そこそこ稼げるまでに20年かかった。ただし、時間がかかることは悪くない。事業は助走期間が長いほど拡大し、長続きするものだ。ユニクロも、山口県宇部市にあった1軒のメンズショップから始まったのである。

もう少し私の話をしよう。私は道楽も逆張りである。

その一つが書評だ。本好きが高じて月刊誌の書評欄を担当したのが２０００年。当時、書評は評論家や学者が書くものだった。しかし、やっていて気づいたのは、エラい先生の書評は面白くないということだ。そこで文章が上手い素人ばかりを集め、11年にお薦め本を紹介するノンフィクション専門の書評サイト『ＨＯＮＺ』を立ち上げた。

この逆張りは大いにウケた。『ＨＯＮＺ』は5年目だが、私が書評を書き始めて通算16年になる。20年を迎える頃には、さらに飛躍しているかもしれない。

これでおわかりいただけただろう。仕事でも趣味でも、逆張りで成功したければ、長期戦を見込んで、できるだけ早く準備にかかるべきなのだ。

ただし、逆張りはハイリスクハイリターンだ。失敗すれば損もでかいから、中年を過ぎて「自分は順張りタイプだ」と思う人には、そのままの路線で行くことをお勧めする。長く勤めた会社を定年退職し、子会社に行けるような人生はそれなりに幸せだ。

職人なら死ぬまで仕事を続ければいい。「今回も完璧ではない」などと言いつつ、80歳で人間国宝になっていた、という可能性もあるのがこのタイプの強みだ。

もちろん、定年後に逆張りでひと花咲かせたいという人を止めるつもりはない。98歳で詩集がバカ売れした柴田トヨさんの例もある。60歳で始めた蕎麦屋が、80歳で大成して悪い理由はない。超高齢化社会が逆張りビジネスで賑わうなら、それはそれで面白い。

もう一つ提案しよう。余裕があれば、周囲に逆張りで成功しそうな人材を見つけて投資するのだ。いつか大化けするかもしれない。

50代、60代になって自分を根本から変えるのは難しい。そんなときは人生を気楽に考えられるよう、発想を変えるべきなのである。

◇質の違う苦労をとる

2014年2月、マイクロソフトの新しいCEOに、副社長だったサトヤ・ナデラ氏が就任、というニュースが流れた。同時にビル・ゲイツは会長職を退き、技術アドバイザーとしてCEOに助言を行っていくという。読者にとっては数多ある報道の一つかもしれないが、私にとっては違う。少し語っておこう。

ビルは2000年にCEOを退いており、08年からは慈善事業団体であるビル&メリンダ・ゲイツ財団の運営に本腰を入れ、経営の第一線から身を引いてきた。つまり、今回の技術アドバイザー就任というのは、タブレットなどの端末分野で伸び悩む同社の経営に、創業者が帰ってきたというわけだ。

私は86年にマイクロソフトに入社し、2000年まで10年近く日本法人の社長を務めた。当然、互いに何度もアメリカと日本を行き来し、食事も共にした。55年生まれで同い年のビルを25歳の頃から知っているが、私が持つ彼のイメージは言行一致、つまり言ったことを必ず実行する人物だということだ。

かつてメディアの取材に答えて、ビルは「50代になったら全財産の95%を社会貢献のために使う」と宣言している。先の財団を通じ巨額の資産を寄付したのは、その言葉をそのまま行動に移した結果のこと。自らも慈善事業に多くの時間を割いてきたのである。

振り返れば、マイクロソフトが創業時に掲げた理念は「A computer on every desk and in every home」。松下幸之助は、水道水のように安価無尽蔵に物資を普及させる「水道哲学」を説いたが、それと同様に抜群に分かりやすいキャッチだった。すべての家庭にコンピュータを普及させるというこのビジョンは実現したが、だからこそ、皮肉なことにパソコン販売は頭打ちとなりつつある。

いまや、巨大企業となった「先駆者」は新たなビジネスモデルに立ち向かわなくてはならない。この数年で、IT業界の主流はネット広告で収益を上げるビジネスモデルへシフトした。例えばグーグルは検索料金をタダにする代わりに、莫大な広告収益を上げている。

もちろん、マイクロソフトは、世界的な潮流の変化に気づいている。が、例えば現行のビジネスモデルの中でWindowsを無料にすれば、莫大な利益を瞬時に失うことになりかねない。前CEOのスティーブ・バルマーでなくても、二の足を踏んでしまうだろう。

根っからのエンジニアであるビルだが、少なくとも自分が育てた会社を自ら関わることで変えていこうと考えたのはまちがいない。ただ、そのためには、これまでとは質の違う苦労が待ち受けている。

大学時代からの親友であり、ともに会社を率いてきたビルとバルマーの共通点は貪欲さだ。彼らは創業以来、型破りな戦略はもちろんのこと、株主に配当を出さないことも厭わず、成長してきた。これまで業界におけるビルのライバルは、同い年のスティーブ・ジョブズだった。が、今はグーグルの創業者、共に73年生まれのラリー・ペイジやセルゲイ・ブリンであり、地球規模で物流の支配を目指すアマゾンのジェフ・ベゾス、64年生まれである。彼らは計り知れない才能を備えている上に、55年生まれのビルよりも若い。特にベゾスはアメリカ資本主義が生んだ怪物といってもいい。

今、マイクロソフトを再び成長させるには、彼らとワールドワイ

ドに渡り合っていかねばならない。過酷な戦いに挑むには、いささか年を重ねていると見る向きもあるだろう。だが、ビルは、桁違いの能力と経験の持ち主で、一番好きな歴史上の人物はナポレオン。関連書物を世界で一番所有していると自負している。戦術を熟知した彼には、同世代として、密かな期待を寄せているのである。

◇20年後によくなる家を選ぶ

都内某所に家を建てたのは、17年前である。

このときこだわったのは、「建築家・宮脇檀《まゆみ》の思想」にのっとった家をつくることだった。住宅設計の第一人者といわれた宮脇氏は、外出から戻った子供がリビングルームを通って自分の部屋に入る家を提唱した。そうすれば、子供がその日どんな顔をしているかわかる。同時に、リビングに大きなテーブルを置くことを勧めた。でかいテーブルの周りには、家族が自然と集まってくる。家族関係を大切に思うなら、理にかなった考え方だ。

ただ、私が家を建てるとき、宮脇氏はすでにこの世にいなかった。そこで、ある国立大学の建築学の教授に設計を任せることにした。任せるといっても、「あなたの考えはどうでもいい。宮脇檀の思想通りにつくってくれ」と頼んだのだから、ひどい話である。

ともあれ、おかげで1階に広さ40畳のリビングができた。それに比して他の部屋は小さい。子供部屋はクローゼットを入れても8畳程度。あえて個室を大きくしないのも、家族が自室にこもらない仕掛けなのだ。

リビングにはセオリー通り、縦108センチ×横270センチのテーブルを置いた。娘が子供の頃は、ここで宿題をしていた。そばで私が書き物を、妻が家事をする。宮脇思想そのままだ。ところで、この家の壁はコンクリートの打ちっぱなしである。パネルの白い壁とは違い、この壁は汚れが目立たない。それどころか、使い込むほど新品にはない味が出てくる。少し古びて趣の出た状態を、クルマのマニアは「ヤレ感が出た」などという。うちの壁もいい感じにヤレてきた。

今の日本では、家は新しいほどいいと思われている。住宅メーカーも、竣工したその日に一番良く見える家をつくって売りたがる。

が、「壁も真っ白、床もピカピカ」がベストな家とはいかがなものか。家は一度建てれば何十年も住む。一方、劣化は竣工当日から進む。新品の状態を保とうとすれば、数年おきにメンテナンスが必要だ。労力もコストもバカにならない。

他人はどうあれ、私はそんなところに金とエネルギーを使う気はない。最初から10年後、20年後に最も良くなる家を目指したほうがよほど利口ではないか。

家の中身もそうだ。先のテーブルはナラの厚めの集成材でできている。ナラは傷がつきにくく、ついても美しい。それを楽しみながらえんえんと使い、ときどき表面を削り取る。そのためにあえて天板を厚くした。寿司屋のカウンター方式だ。

一方、ベランダのウッドデッキは船舶用のチーク材。何十年も海水に耐える、この材の強さは半端ではない。レッドシダーなら10年で張り替えが必要かもしれないが、むしろチークは10年たつと味が出てくるのだ。

他の家具はどうか。わが家ではカッシーナというブランドの『マラルンガ』というソファを使っている。だいたい家のソファは座るためでなく寝るためにある。ならば、大事なのは自分が寝やすいことだ。『マラルンガ』は寝心地が良い上、耐久性がある。私が寝たぐらいでは壊れないから、死ぬまで寝転んでいられるだろう。多少値は張るが、廉価品を買い替えることを思えば安い。このソファも、新品より今のほうが貫禄がある。

何も高級品を買えと勧めているわけではない。「時間がたつほど良くなる物」を所有したほうが、結果的にトクだと思うのだ。他人がせっせと新品を買うのを尻目に、10年後の「ヤレ」を待つ。これが逆張りの発想だ。

唯一の例外は電化製品だ。これだけは新しいほどいい。ヤレたｉＰｈｏｎｅ3など、もらっても困るだけだろう。

やたらと人に逆らっても仕方ない。逆張りにも、「思想」が必要

なのである。

◇自分だけのお宝を発掘する

自宅の話をしたので、事のついでにリビングにある絵の話をしよう。

我が家は4LDKなのだが、リビングダイニングは40畳の広さがある。ご多分にもれず何枚かの絵を飾っていて、台所側にはいちじくや栗など「食材」の絵、ソファのあるリビング側には「ピエロ」の絵をいくつか掛けている。

二つのテーマは一見、わかりにくい。画家も画風もまちまちだからだ。同じピエロでも、ビュフェとミロでは、表現法がまるで違う。言われて初めて、「ああ」と気づく人が多い。

私が買うのは、ビュフェのように知られた画家の作品ばかりではない。日本ではほとんど無名のアーティストの絵もある。

「有名な画家の絵だから」「見てきれいだから」など、人が絵を買うにはそれぞれ理由があるだろう。「現金代わりの財産」として持っておきたいという人もいるかもしれない。

だが、私の場合、まず場所に合わせてテーマを決め、そのテーマに沿った絵を買う。逆にいえば、それ以外にたいしたこだわりはない。だいたい、購入場所も、書店内のギャラリーやホテルの画廊あたりだ。持っている絵の半数は、日本橋の丸善や新宿の紀伊國屋書店に本を見に行ったついでに買った、というい加減さである。

それでも、テーマに合わせて絵を集めるのは面白い。バカ高い絵を買う必要はないから、元手もあまりかからない。これなら財布に余裕のないサラリーマンでも楽しめるはずだ。

もっとも、私自身がサラリーマンだった頃には、毛色の違うものを買っていた。場所は、出張で出かけたローマやパリの蚤の市。目当ては、17世紀から20世紀初頭にかけて出版された百科事典である。

といっても、事典を丸ごと買うわけではない。古い百科事典には、手彩色の博物画が入っている。それがページごとにバラ売りされているのを、しこたま買い込むのである。花や草木、鳥や魚。レモンや唐辛子のような食べ物もあった。

今でこそボタニカルアートが人気だが、四半世紀も前の話だ。1枚の値段はせいぜい3000円程度だった。

いっそヨーロッパ全土から博物画をかき集め、額装して売ったら、濡れ手で粟ではないか。当時マイクロソフトの部長をしていた私は、そんなことまで考えた。半年ほど前、いつものローマの蚤の市に行ったら、同じものが1～3万円で売られている。あのとき商売を始めていれば、小さな画廊でも開いていたかもしれない。

絵を買うのは贅沢と思われがちだが、もともとアートの値段などあってないようなものだ。高いのは、皆が欲しがる一部のものに限られる。そこに大枚をはたくより、自分だけのお宝を発掘したほうが面白くはないか。ライバルの少ない分野なら、逸品も掘り出し放題だ。世間の風向きしだいでは、タダ同然の拾い物が、後々、ホンモノのお宝になることもある。

良品を安く仕入れ、転売して利ざやを稼ぐ商売を「競取《せど》り」という。主に古本業界で使われる言葉だ。さもありなん。まともな知識さえあれば、本ほど儲かるジャンルはない。ちなみに古本で稼ぎたければ、理工や医学の専門書を狙うといい。欲しい人はそれこそ大枚をはたいてでも買う分野だから、やり方しだいでは、年収数百万円も夢ではない。

絵の話がすっかり小遣い稼ぎの話になってしまった。人生を楽しむためには、他人と少し違うテーマを持ったほうが良いのではないかと思うのだ。

それには、あえて世間的な評価へのこだわりを捨てるべきだ。それが私の唯一のこだわりである。

◇東京すごろくを楽しむ

芥川賞作家・又吉直樹さんの東京の街についての自伝的エッセイ集『東京百景』を読んだ。受

賞作の『火花』があまりにも売れたため、天邪鬼の虫が騒いで、受賞作ではない本を手に取ったのだ。芥川賞受賞が当然だったということがよく分かる、文才にあふれた作家だ。

関西出身者の目を通して描かれる東京の街は多様性に富んでいて、ある街に対する親しみやすさや、別の街から感じる疎外感には妙なリアリティがある。はっきりと書かれてはいなくても、どの街が好きで、どの街が嫌いかが手に取るように分かるのだ。

高校を卒業し、札幌から上京した私が最初に住んだのは北区赤羽だった。中学時代からの親友が住んでいたので下宿は赤羽に決めたのだ。そこは荒川を渡れば埼玉県という土地だった。社会人になってからは町田駅近くに住んだ。しかし住所の上では神奈川県相模原市だったから車のナンバーも相模だった。目の前に流れる境川を越えると、そこは多摩ナンバーの町田市。それに大変なあこがれを持っていた。

30代になりすこしだけ出世したので、会社が給料を上げる代わりに桜上水駅近くに借り上げ住宅を用意してくれた。桜上水といえば世田谷区であり品川ナンバーであるはずだったのだが、このときの家は甲州街道を挟んで北側、すなわち杉並区であったため、品川ナンバーをうらやましく思いながら、練馬ナンバーに甘んじていた。どういうわけか、ことごとく川や道路を挟んで、路線価の低いほうに住んでしまうのだ。

杉並区久我山に移ってもナンバーは練馬のままで、このまま添い遂げるかと愛着も湧いてきたところで、ついに杉並ナンバーが登場し、今は心穏やかに暮らしている。ともあれ、生活が変わるごとに私は住む街を変え、街を移ったことで私自身も変わった。

飲みに出かける場所も変わった。学生時代は渋谷の百軒店のあたり、社会人になりたての頃は文士にあこがれて新宿ゴールデン街にも足を運んだ。その後、外資系に移ってからは六本木へ、今は赤坂の、喧噪から離れたこぢんまりした割烹やバーに落ち着いた。

居を構えるにしても、飲みに行くにしても、東京なら同じ予算で選択肢はいくらもある。大阪や京都ももしかするとそうなのかもしれないが、私から見ると、関西には、特定の街に住んでもいいかどうか判断するには、予算とは別の指標があるのではないかと思う。そう考えると、東京は多層的な街だ。どんな人にもどこかに居場所があるのが東京で、だからこそ、様々な人を引きつけているのだと思う。

しかし、私の娘の世代になると、その多層的な東京のほんの一部しか知らないことも珍しくない。家も学校も同じ路線の沿線にあることが多い。いわば路線がひとつの地方都市を形成していて、その中に安住するという感じだろうか。

それを悪いと言うつもりはない。安定した時代に東京に生まれ、停滞した時期に東京で育った世代は都内を移動する必要がないため、自分のごく近い周りの環境を東京のすべてとして受け止めてきた。いまの東京の若者に、何者かになってやろうと故郷を後にした我々の世代にあるダイナミックさがないとしたなら、それはある意味で狭い文化圏で育った、あるいは、育つことができたためかもしれない。

裏を返せば、東京の中で自分に合う街を探しながら年を重ねるのは、我々の世代までが享受できた喜びだ。ときおり、札幌へ帰らないのかと聞かれることがあるが、そのつもりはない。ここまで来たからには東京にとことん付き合いたいし、東京にも付き合ってもらう。

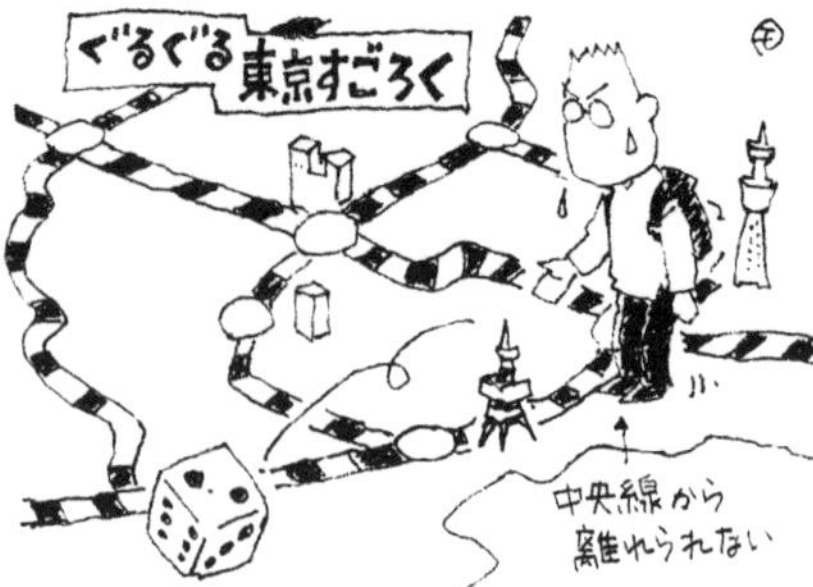

1　情報の取捨選択術

◇一眼レフと高級コンパクトデジカメを比べる

　レジャーでの家族写真のためにカメラを購入する御仁も多いだろう。ここ数年でカメラは劇的な変化を遂げた。アナログからデジタルに移行したときと同じくらいの、価値観の転換が起こったのだ。レンズ至上主義の時代は終わったのである。

　アナログ時代において、カメラの性能の高さ、それで撮れる写真の美しさは、ほぼレンズで決まっていた。フィルムの感度に制限があったからだ。口径が大きくて光を多く取り込める、いわゆる明るいレンズを使えば、暗いところでもはっきりとした写真が撮れ、素早い動きも一瞬を切り取れる。スポーツ取材などでプロのカメラマンが大きなレンズを使っているのは、それも理由のひとつだ。

明るいレンズは高額で、一度買ったら、一生使い続けたい。だから、一眼レフが重宝された。カメラのボディは買い換えても、大枚を叩《はた》いて手に入れたレンズは長く使い続けられる。一眼レフは、レンズを半永久的に使うのに適したシステムだったのだ。

ところが、デジカメが普及し性能が上がると、必ずしも明るいレンズは必要なくなってきた。フィルム代わりの撮像素子が、わずかな光もとらえて、暗いところでもきれいに撮れ、速く動くものでもピタッと止まったような写真を実現するようになったからだ。アナログの時代、フィルムの感度は今で言うＩＳＯ、当時のＡＳＡという指数で表現されていた。一般的なフィルムはＡＳＡ１００で、スポーツ用ではより感度が高いＡＳＡ４００があった。

そのＡＳＡに換算すると、最新のデジカメの撮像素子のなかには、何万という感度を誇るものがある。この流れに気付いて撮像素子の開発に力を入れたメーカーの製品がある。たとえば、私も使っているソニーの『ＲＸ１００Ｍ３』というコンパクトカメラの撮像素子は、ＡＳＡに換算すると2万５６００にもなる。

こうなると、一眼レフと高級コンパクトデジカメとの違いが段々となくなってくる。レンズの明るさより、撮像素子が写真の美しさを大きく左右するからだ。しかも、一眼レフは大きくて重いという宿命を背負っており、もはや、小型化に勝てる部分が少なくなりつつある。

ただ、一眼レフにおいてほかのデメリットを補って余りあるのが、魚眼レンズが使えるという点だ。魚眼レンズとはご存じの通り、画角が広く、画像は少し歪むものの、通常より広い範囲を撮影できるレンズだ。私はこれこそが、一眼レフ生き残りの鍵を握っていると考えている。

静止画撮影用のデジカメが急速に進化したのと同様、動画撮影用のカメラも性能を上げている。シャッターチャンスを待ってカメラを構えなくても、撮影しておいた動画の中から、これはというシーンを切り出しても、画質的に問題がなくなっている。

しかし、動画に画像がゆがんでしまう魚眼レンズはそぐわない。それでの撮影は、まさに静止画を撮るための一眼レフの醍醐味なのだ。

出番は風景の撮影シーンに限らない。部屋の中やペットを対象にしても特徴ある写真が撮れる。人がたくさん集まっている場所で使うと、その賑やかさがよく表現できる。これといった構図を決めずに撮影して後で画像を見直し、意外なものが写り込んでいるのを見つけるのも楽しい。私は焦点距離が14ミリのものを愛用している。

魚眼レンズは決して安くはないが、一眼レフを使うなら、これを持っていないと意味がないのではないか。ボディにそれなりの投資をしたのなら、魚眼レンズにも惜しみない投資をするべきだ。スマ

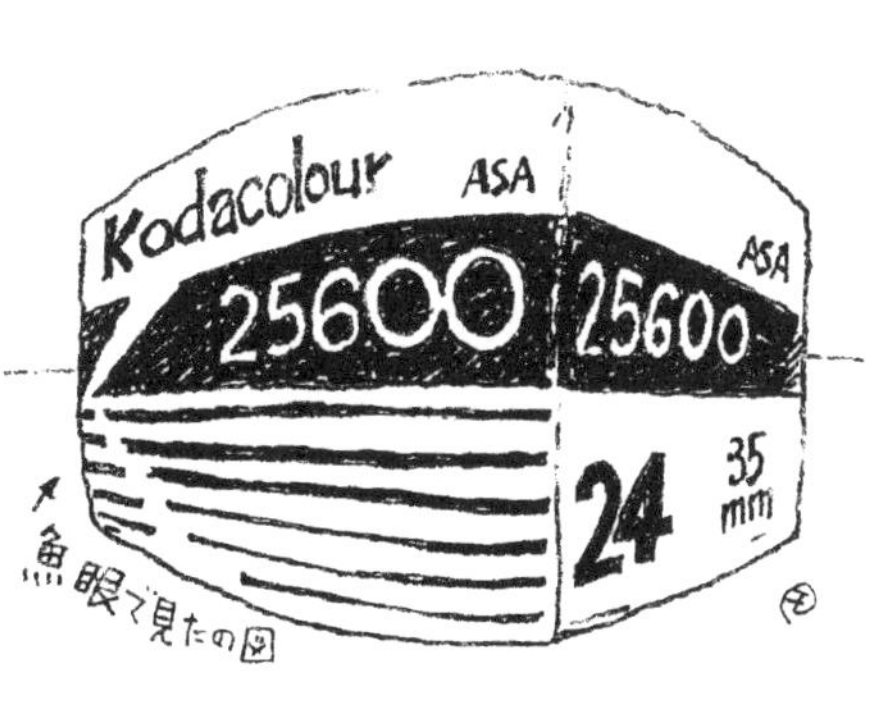

ホやコンデジで簡単に動画を撮ることができる今、一眼レフでしか使えない魚眼レンズでの撮影は、贅沢な大人の遊びなのである。

◇「新商品」ではなく「新技術」を買う

一眼レフの話をしたが、今回は高級デジカメについて語ろうと思う。買うならライカ社の『ライカQ』がお薦めだ。小型で画質はきれい、しかも有機ELファインダーも付いている。私は一代前の機種も持っているが、それには有機ELファインダーがないので、撮影の際には苦労していた。近視用眼鏡を手放せない老眼持ちにとって、液晶モニターは辛かった。

他社の製品と比べても、できあがりの写真の美しさは歴然としている。私もこれまで何度も「一眼レフで撮ったのかと思いました」と言われた。腕の良さを自慢しているのではなく、自分でも、一眼レフで撮ったのかどうか記憶が曖昧になるくらいなのだ。しかも、このライカQはオートフォーカスの機能も付いている。ライカ社初の試みだ。非常に素早く合焦することに驚くほどだ。質感も良く、この機種でカメラ渉猟は打ち止めになるだろう。

すでにコンパクトデジカメを持っている人には、リコーの『THETA』を薦めたい。これは、これまでのカメラのイメージを180度変えた。なんと、シャッターを一度押すだけで、ぐるりと180度どころか360度を撮影できるのだ。その迫力は、通常のパノラマ写真の比ではない。

見た目もカメラらしくない。手のひらサイズのスリムなボディにはファインダーがなく、レンズとシャッターボタンは極めて小さい。だから、ポケットから取り出してすぐにパチリと撮れる。撮った画像はパソコンやスマートフォンで、全天球の写真として楽しめる。私はこれを発売直後に手に入れたが、旅行に持っていくのを忘れると不機嫌になるほど、お気に入りの一台となっている。

私はどこのメーカーのファンでもない。ライカについてはいささかのリスペクトを持っているだけだ。また、カメラ好きかと言われると、もっとほかに筋金入りのカメラ愛好家はいるだろうと思う。ただ、カメラに対する見方、撮り方、選び方を変えた技術に対し敬意を払っているだけだ。

これは、カメラに限った話ではない。ものを買うときはいつも、「新商品」ではなく、「新技術」を買う気持ちでいる。だから、新しい価値観をもたらす技術を持たない新商品には、まるで関心が持てない。そういうものに手を出すくらいなら、発売されてから時間が経っていても、技術的に魅力のあるものを選ぶ。老眼にも配慮されていれば、文句ナシだ。

◇カメラを使い分ける

スマートフォンに付属しているカメラの性能が、年々良くなっている。良くなり過ぎていると言ってもいいくらいで、この事実を前に、私はカメラに対しての考え方を改めざるを得なくなった。今や、最新のスマホを持っていれば、一般的なデジタルカメラを持ち歩く必要はない。

しかし、今も新しいデジカメの情報収集は欠かさないし、鞄の中にはデジカメを入れていることが多い。目的は、スマホでは撮れない写真を撮ることだ。全天球360度を一度に撮影できるリコーの『THETA』や、高精度のスタビライザーを搭載し、傾けても傾けても水平を保つDJIの『OSMO』などは好例である。オリンパスのコンパクトカメラ『STYLUS』はスマホに比べて圧倒的に起動が速いので、レストランで料理を撮るときなどに重宝している。

今どきのスマホでは、明るくてフラットでくっきりとした写真が撮れる。ピンぼけも手ぶれもほとんど発生しない。誰が撮っても同じように、端正できれいな写真となる。黙っていれば、スマホで撮ったとは分からない写真もたくさんある。

ただし、スマホには苦手なシーンもある。たとえば、ポートレート写真だ。子どもや女性の瞳に焦点を合わせ、背景や髪をぼかす撮り方ができない。スマホは見えているすべてにピントが合う。ぼけを作り出して雰囲気のあるポートレート写真を撮るためには、一眼レフに使われているような明るいレンズと大きな撮像素子が必要になる。

ただ、一眼レフを使っても解決しない重大な問題がある。それは、誰が撮っても同じ写真になりがちなことだ。今や、オートフォーカスやプログラムモードの搭載は当たり前。これもカメラが良くなり過ぎたこととの当然の帰結と言える。

こうなると、あれほどきれいな写真を求めていた気持ちをすっかり忘れ、多少は下手でも自分だけの味のある写真を撮りたくなってしまう。そう思うのは私だけではないのだろう。近年、オールドレンズの人気がじわじわと高まっている。オールドレンズとは、まさしく古いレンズのことであり、デジカメ登場以前のものを指すことが多い。当然のことながら最近のレンズと比べると質が悪いが、その質の悪さと最新式のデジカメとを組み合わせたとき、なんともレトロな、しかし古くさいだけではない味わいを醸し出す。

できあがりを見てみると、意図していなかった明るさのムラやハレーションが起きていることがある。それは水墨画におけるにじみの偶然性に似ている。オールドレンズの価格は十分にお手頃なので、その偶然性をいくつものレンズで楽しむことができる。

ただし、一部を除いてオールドレンズはそのままでは最新のデジカメに装着できないことが多い。同じブランドのカメラとレンズで

あっても、規格、すなわちマウントが変わっているからだ。異なる規格のもの同士を接続するにはアダプターが必要になる。

その点、高級カメラの代表であるライカはレンズの規格が変わっていないので、たとえ戦前に作られたレンズでも使うことができる。

M型ライカはほかのカメラに比べて高額だ。若者にとっては躊躇する金額なのだが、中高年なら頑張ればなんとかなる。すなわち、オールドレンズと最新のライカを組み合わせ、一期一会のオリジナル写真を楽しむのは、ある程度以上の年齢の人だけの娯楽なのである。

その世代の人たちは、自分でピントを合わせて写真を撮ったことがあるに違いない。かつて面倒だと思いながら培ったテクニックは、オールドレンズを使うことで再び花開くはずだ。

◇アップル最大の発明とは

以前、書いたように携帯電話はｉＰｈｏｎｅを使っている。スマホと従来の携帯電話の最大の違いは、自分で好きなアプリを入れられるか、そうでないかだろう。スマホはパソコンのように、ユーザーが自由にアプリを入れて使えるようになっている。

私が愛用しているアプリのひとつは『Ｓｔａｒ Ｗａｌｋ２』（３６０円）だ。これは、ｉＰｈｏｎｅを空に掲げると、そこに見えるはずの星や星雲が画面に表示されるというもの。今、見えている星の名前がわかるし、空が澄んでいたら見えるはずの星座名もわかる。自然の星のほか、探査機の現在地がわかるのも面白い。国際宇宙ステーションの明かりが地上から肉眼で見えることはよく知られているが、その観察に際しても重宝する。

空に関するところでは『XバンドMPレーダ』もよく使っている。これは、国土交通省が公開している降雨観測情報を、ほぼリアルタイムで地図上に表示するというもの。テレビの気象情報でよく見るレーダー画像のスマホ版のようなものだ。日本全土はカバーしきれていないが、都市部はほぼ対応している。これを見ると、どこのゴルフ場の何番ホールは雨で、隣のホールは晴れているなどということもわかる。移動の多い人には必携のアプリではないだろうか。大変便利なのに、無料。作っている人たちの懐具合が心配になるくらいの大盤振舞だ。移動の際は『NAVITIMEプレミアムコース』(年間3600円)に頼り切っている。これはいわゆる経路検索アプリなのだが、駅から駅まではなく、ドアツードアのルートを丁寧に案内してくれる。駅構内の経路案内もすれば、駅を下りてからの天気も表示するといった具合できめ細かく、移動についてはこのアプリに任せておけば、遅刻することも迷うこともないと言い切れるくらいだ。

こういったアプリはすべて、アップルが運営するiTunes Storeというネットショップからダウンロードしている。iPhoneでアプリを使うには、これを経由する以外に方法がないのだ。

私は、このiTunes Storeこそが、アップルによる最大の発明だと思っている。

iPhoneや携帯音楽プレーヤーのiPodといったデバイスは、このiTunes Storeを普及させるための装置に過ぎない。
iTunes Storeは、もともとはiTunes Music Storeという名称で、iPodのために音楽データの配信を担っていた。音楽データが配信できるのならアプリケーションも配信できるので、そのアプリの配信先として作られたデバイスがiPhoneであった。スティーブ・ジョブズの目論見は、iTunes Storeにつながるデバイスを増やすことであり、そこに電話機能がついているかどうかはあまり重要でなかったと、私は推測している。
iTunes Music Storeで配信される音楽が正規版で、海賊版には規制がかかっているのと同様に、iTunes Storeで配信されるアプリはすべて、アップルの審査を通過している。お墨付きだけが流通しているのだ。だからこそ、操作性やデザインに統一感があり、その結果、ユーザーに使いやすいものとなっている。アプリを作る側からすると、審査はひとつの足かせだが、それがあるから、その範囲内で知恵を絞り、素晴らしいアプリを作り出しているのだろう。
アップルに作れて日本のメーカーに作れなかったものは、iPhoneというデバイスではなく、iTunes Storeという仕組みなのだ。この視点がないと、いつまでたっても日本からはiPhoneのようなデバイスは生まれようがない。

◇インターネットにはもう驚かない

２０１４年は、インターネットを飛躍的に使いやすくした技術の基礎が生まれて25年という節目の年だった。インターネットそのものの概念は１９６０年代には米国防総省にあり、70年代には電子メールも使われ始めていたが、四半世紀前、つまり90年代に入るまで、インターネットは研究者など、一部のプロのものだった。たまたま私はマイクロソフトで働いていたので、だいぶ早い時期からインターネットを使う機会に恵まれたが、ブラウザーが登場する前のインターネットは、味気ないものだった。

それを一変させたのが、ティム・バーナーズ゠リーというコンピュータ技術者のアイデアにもとづいて、１９９３年にイリノイ大学がつくったモザイクというブラウザーだった。ブラウザーとは、今ではパソコンにもスマートフォンにも当たり前のように入っている、ホームページを見るためのソフトである。これを目の当たりにしたときには本当に驚いた。それまでは文字入力による文字列のやりとり程度にしか使えなかったインターネットが、ブラウザーの登場により、画像も文章も簡単に同じ画面で閲覧できるようになったからだ。

これにより、ホームページを持つ研究機関や大学が増えた。英国のケンブリッジ大学のある研究室では、低画質ながらもコーヒーメーカーのリアルタイム中継をし、別室にいても残量がわかるようにしていた。世界一有名になったそのコーヒーメーカーはその後、オークションに掛けられて、60万円ほどで落札されたそうだ。

私が次に驚愕したのは、ヤフーが登場したときだ。あまりに便利だったからだ。ヤフーが誕生するまで、どこにどんな有益なホームページがあるかを探し当てるのは困難だった。インターネットには地図も電話帳もなく、どこに何があるかがはっきりしない上に、住所や電話番号に相当するＵＲＬ（アドレス）も、覚えやすいものではなかったからだ。ところがヤフーは、独自の視点で選んだ有益と思われるホームページの一覧表を作成し、それを自分のページに公開した。これによってユーザーは、どの会社がホームページを持っているか、それがどこにあるかなどを知り得たのである。ヤフーは知を共有するクラウドの走りだったと言えるのではないか。

さらに私を驚かせたのは、検索サイトのグーグルだった。ヤフーは独自の視点でホームページを選んだが、グーグルはその選択に機械的なルールを設けた。そのルールとは、「多くのホームページからリンクされているサイトを優先的に紹介する」というものだ。これにより、たとえば「ニュース」で検索すると、多くの人が「ニュースサイト」と認識しているホームページが上位になる。試しに今

やってみたところ、ヤフーニュース、グーグルニュース、ライブドアニュースの順だった。

インターネットの歴史はこうした驚きの歴史でもある。そもそもインターネットがハードディスクなどの媒体によるデータのやりとりという手間を減らすために誕生したときには、今のように、ショッピングや音楽配信やソーシャル・ネットワーキング・サービス（SNS）に使われることになると予想できた人は、誰ひとりいなかったはずだ。

しかし、私が今後、インターネットに関することで驚くことはないかもしれない。この技術はもはやインフラと言えるが、その成長はいつか頭打ちになるものだからだ。さらに言えば、電気や水道や道路に比べると、生命を維持するために必須のインフラではない。あればとてつもなく便利という程度の存在だ。その事実は今後、何があっても変わることはないだろう。

◇アマゾンの舞台裏をつく

外国人の中には、宅配便は日本最大の発明と思っている人も少なくないようだ。確かに、日本全国の個人宅まで、指定時間通りに荷物を届ける仕組みは、インフラが整っていて治安がよく、人が真面目な日本でこそ成り立つものなのかもしれない。日本ほどではなくても、ある程度の流通網が整っていないと、たとえばアマゾンのような通販事業は立ちゆかないだろう。

先日、ハーバード・ビジネス・レビューのオンライン版で、興味深い論文を読んだ。アマゾンを分析したもので、そこでは、アマゾンの強みはキャッシュ・コンバージョン・サイクル（CCC）の圧倒的な短さにあるとしている。

CCCとは、在庫回転日数と売上債権回転日数（顧客から代金を回収するまでの日数）の合計から、仕入れ債務回転日数（仕入れ先への支払いにかかる日数）を引いたもので、資金繰りの健全度の指標のひとつだ。数値が大きければ資金繰りは悪く、小さければ良いということになる。

その論文によると、ウォルマートなどのCCCは一桁台と驚異的に小さい。しかし、アマゾンはそれを遥かに上回る超高効率を誇り、なんと数値はマイナスとなっているという。

その理由は、アマゾンは仕入れ先への支払い期間が仕入れから約96日もあるから、としている。ウォルマートなどの場合その期間は1カ月程度なので、確かに猶予が長い。だからこそアマゾンのCCCはマイナスとなり、純利益は赤字が続いているにもかかわらず、投資のための手元資金には困っていない。ゆえにこの論文は、仕入れ先がこの96日間を短縮するように要求したときこそが、アマゾンの正念場だとしている。

果たしてそうだろうか。まず、仕入れ先がアマゾンに対して、運転や投資のための資金確保を口実に支払いまでの期間短縮を要求することはないだろうと私は見ている。

その理由は金利にある。アマゾンは世界中で展開しているイメージがあるが、その売上げは日米独英の4カ国で95%を占めている。乱暴な言い方をすれば、4カ国でしかビジネスをしていないのに等しい。そしてこの4カ国の政策金利はすべて1%以下である。つまり、金は安く借りられる。仕入れ先にしてみれば、足りない資金は銀行から調達すればいいのである。アマゾンからの支払いが30日後だろうが90日後だろうが、先進国の企業はほとんど気に掛けない。唯々諾々とアマゾンのルールに従っているのではなく、期間はどうでもいいと思っているのだ。

では、政策金利さえ低ければどんな国でもアマゾンのビジネスは上手くいくかというと、そうではない。流通網が整っていないと上手くいかないのだ。それは、顧客の手元に指定通りに荷物を届けるためだけではない。

ＣＣＣを決める要素に在庫回転日数があるのは先ほど書いたとおりだ。この数字は、ものが仕入れ先からアマゾンの倉庫に届くまで、それから、アマゾンの倉庫から顧客の手に届くまでの時間が短いほど小さくなる。つまり、物流がスムーズなほど、ＣＣＣは短くなるのである。

さて、アマゾンのビジネスの場はほとんどが日米独英である。日本にはヤマト運輸があり、アメリカにはフェデックスがあり、ドイツにはＤＨＬがある。イギリスにはエクセルがあったがＤＨＬに買収された。そしてどの国でも政策金利が低い。アマゾンが拡大する条件を2つとも満たしているのである。ところでアマゾンがサイトを開設している国のうち、中国は政策金利が４・３５％。インドは

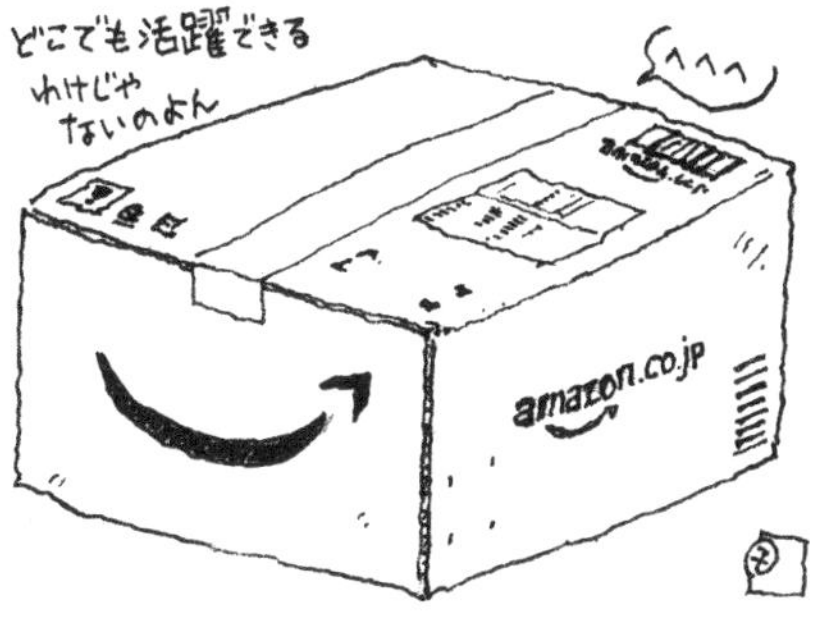

6・75%だ。物流事情が良くないことも相まって、こういった市場では苦戦が続くのではないか。

◇監視社会にうまくかかわる

書店のジュンク堂が、店内のカメラで来店者を撮影し、顔認証技術を使った万引き常習犯対策を進めている。こうした取り組みはジュンク堂だけでなく、他の書店もどんどんやったらいいと思う。

よく知られているように、書店の経営を圧迫しているのは、出版不況以上に万引きの多さだ。2008年に日本出版インフラセンターが公開した資料によると、書店のロス額（理屈上あるべき在庫額と、棚卸しによる現状の在庫額の差）が発生する最大の理由は万引きで、それはロス額の7割以上を占めるとされている。

そのロス額を発生させる書籍の内訳を見ると、金額ベースで最大のものはコミックだ。これに単行本（一般書）、単行本（専門書）、文庫・新書と続く。つまり、コミックの万引きが減れば、書店の経営状況はかなり改善できるのだ。

アマゾンがあれだけ元気なのは、どれだけ腕に覚えのある常習犯とて、絶対に万引きができない仕組みになっていることが非常に大きい。万引きできないと言えば、電子書籍も今のところそうである。出版社は、紙の文化を守ることも大事だが、少なくとも万引きの多いコミックは積極的に電子化すべきではないだろうか。

ジュンク堂が、おそらくは批判にさらされることも覚悟の上で、顔認証を使った万引き常習犯対策を始めたのは、その者どもを店から駆逐したいからに違いない。その経営努力を誰が責められるというのだろう。画像データが悪用されるとご心配のむきもあるようだが、その画像と、名前や住所といった個人情報は結びつかない。仮に「この人は以前、あの本を買った人だ」とわかったところで、店員から「あなたにおすすめの本なので、ワンクリックで買いませんか」というアマゾンのようなアプローチがなされるとは考えがたい。

それを心配するのなら、車のナンバープレートと運転者の顔が同時に撮影されるNシステムに大いに反対すべきではないか。すでに反対している人もいるかもしれないが、では、そういう人は交番が近くにあることで安心したりはしないのだろうか。私は自宅から駅へ行くまでに必ず交番の前を通るのだが、新しい鞄を持っていると警官の「あ、鞄が新しい」という視線を、自意識過剰というわけではなく、強く感じる。彼らの目こそ最強の分析機能付き監視カメラであり、だからこそ我々は安心して暮らせるのである。もしその機能が衰えたら、街はどうなってしまうのだろう。

さて、ジュンク堂が万引き常習犯にとって居心地の悪い書店になったなら、その輩は他の書店へ移り、悪事を重ねるだろう。すると、ジュンク堂と同様の対策を取る書店、また取らない書店が出てきて、万引き常習犯の偏在化が益々進む。その結果、彼らの根城となってしまった書店は、残念ながら閉店に追い込まれるだろう。

　こうなると万引き常習犯は行くところがなくなり、その者どもの持ち込みを頼りにしている新古書店もなくなるだろう。

　監視する側が良心的であることが前提だが、その強化によって社会が健全になることはあっても、荒廃する方へ向かうことはない。実際に、警視庁が防犯カメラを設置した繁華街では、犯罪が減少傾向にある。路上犯罪についてはそれが顕著だ。

　最近はタクシーにも監視カメラが付いているのが当たり前になりつつある。乗り込んで「表参道まで」と言ったあと撮られていることを意識すると、「お願いします」とつい付け加えてしまうのは私だけではないだろう。監視社会はフェアで礼儀正しい社会をもたらすのではないか。

◇情報断食をしてみる

２０１５年2月にキューバへ行ってきた。最大の目的は、キューバを発着する帆船でのカリブ海クルーズだったのだが、そのおかげで得難い体験をした。情報断食である。10日間ほど、インターネットと無縁の時間を過ごすことになったのだ。

旅先でも普段通りの生活をしたい私は出発前、キューバのネット事情について調査をしていた。それにより、環境が極めて悪いのはわかっていたが、それでもなんとかなるだろうと思って、iPhoneもパソコンも、もちろん充電器も持って、日本を発った。

ところが、持参したIT機器はことごとく役に立たなかった。まず、首都ハバナの街中ですら、インターネットが使えない。ネットが一般国民に開放されていないこと北朝鮮の如し、なのである。人々はスマートフォンのようなものを持ち歩いてはいるものの、使い道は通話か撮影で、メールやオンラインゲームなどはしている気配がない。私は自分のiPhoneで何度かGPS機能を使ってみようと試みたが、GPS衛星を捕捉するそぶりは露ほどもなく、しまいにはアプリが起動しなくなった。ほかの通信機能もことごとく使えない。現地のガイドに聞いた話では、メールアドレスを持っているキューバ国民は、近隣国への出稼ぎに行くことのある医師くらいなのだそうだ。

ホテルではかろうじて宿泊客用の無線LANサービスが用意されていたが、1時間8CUCと有料で、回線スピードは驚くほど遅く、メールのチェックがやっとという程度。ダウンロードを待っているうちに、何をしにキューバに来たのかわからなくなったので、一杯になったメールボックスは放置せざるを得なかった。ちなみにCUCとは外国人向けのキューバの通貨で、1CU

Cがほぼ110円である。

このネット鎖国ぶりは社会主義国ならではのものだ。ただ、シエンフエゴス（キューバの中央部の都市。「南の真珠」とも呼ばれ、旧市街は世界遺産に）の港を出て、外国人観光客向けの帆船上の人となればいくらかこの規制も緩和されるだろうと期待していた。ところが情報環境は益々悪化する一方だった。ネット環境は悪いままで、テレビまでも奪われたのだ。

帆船は帆に受けた風を推進力とする、古代エジプトの時代から現代まで続いているクラシカルな乗り物である。風頼みであることに加え、今回乗船したのが3000トンという大型帆船とはいえ、進む原理はヨットと同じなので、船は常に傾いていた。体では感じなくても、テーブルに置いたグラスの水面を見ると、その傾きがよくわかった。船が傾いているのだから、衛星放送を受信するためのパラボラアンテナもまた、傾いている。よって、テレビは映らない。

私は情報から完全に遮断されることになった。10万トンを超える大型客船にあるようなアトラクションがないこと、同乗者は帆船マニアのドイツ人ばかりで座持ちのいいアメリカ人が皆無であったこともあって、帆船クルーズは初日から退屈で、旅の半ばで、日本まで泳いで帰ることを考えたくらいだ。

飛行機で帰国した私は、この10日間の情報断食のおかげで生まれ変わったように感じる。まず、iPhoneを手にする時間が短くなった。当然、SNSを閲覧する時間も、書き込む時間も激減した。一大事の如く報じられているニュースも、大半がなんだかしらけて見える。以前は興味深いと思っていた話題や動画も、面白がり方がわからなくなってしまった。憑き物が落ちるとはこのことかと実感したのだ。

ネット依存から脱却したければ、スマホやパソコンに触らない時間を確保しようと画策するのではなく、どうあがいてもネットに触れられない環境に身を置く、荒療治が一番である。

◇ITを幸福度で見る

2015年4月、アップルから新しいノートPC『MacBook』が発売された。これは販売中の同社のノート『MacBook Pro』や『MacBook Air』よりも軽い。厚さは最も薄いところで3・5ミリしかないことや、デジカメなどとのインターフェースは、充電口と兼用のUSB‐Cという新しい規格のポート一つに集約されていることも話題になっている。デザインは先鋭的だが拡張性が低いこのノートを、いったい誰が使うのかといった向きもあるようだ。

しかし私から見ると、このMacBookが誰に向けられているかは明白である。それは、すでにMacBook ProやMacBook Airといったアップルのノートを持っている人。MacBookは、こういった人が外出先で使うための製品だ。つまり、ユーザーにとって2台目のノートなのである。

２０００年代前半、当時にしては薄くて軽いノートが各社から相次いで発売された時期がある。このときも、薄型軽量ノートは外出先で使うとされていた。ただ、母艦となる1台目としては明らかに、デスクトップＰＣが想定されていた。ノートはデスクトップのサブだったのである。

ところが最近は、デスクトップとノートの価格差が小さくなってきたこともあり、使わないときに畳んで片付けられるノートの人気が高くなっている。電子情報技術産業協会（ＪＥＩＴＡ）という業界団体による出荷台数の統計を見ても、ノートはデスクトップの倍以上、売れている。1台目もノートなのはもはや当たり前なのである。

では、外出時、普段は屋内で使っているノートを携えればいいかというと、決してそんなことはない。なぜなら、安定して稼働している母艦たるノートは、動かしてはならないからだ。

ＰＣにおける「動かす」という言葉には二つの意味がある。一つ目は物理的に動かすという意味で、出張先に持っていくことも、書斎からリビングへ移動させることも含む。二つ目はソフトウェア的に動かすという意味。過剰に多くの新しいアプリを入れたりアップデートしたりすることを指す。どちらも、せっかく安定的に稼働しているＰＣを不安定にしかねない。ＰＣをやたらと動かしていいのは、何があっても自分で対処できるスーパーマニアだけである。

動かしたくないノートがある一方で、外にも持ち出したいという事情があるなら、持ち出し専用のものを用意するほかはない。では、それにはどういったノートがふさわしいか。薄くて軽い。

また、水などが浸入する可能性のある穴、すなわちポートができるだけ少なくて、バッテリー持続時間が長い方がいい。

２０１５年発売のMacBookはそれにあてはまる。ポートの数も一つしかない。バッテリー持続時間はというと9時間とされている。しかも、ＣＰＵは消費電力も発熱量も少ないタイプなので、MacBook AirやProのように、発熱量が多くなると自動的に動作周波数を落とす、つまり、動きを遅くすることもない。常に快適な状態で使い続けられるのである。もっともこれは実際に使ってみないとわからない部分ではあるが、期待はできる。

期待といえば、ハードウェアとソフトウェアの両方を自前で開発しているアップルには、WindowsやグーグルによるAndroidには抱けない期待を持てる。動かさないノートと持ち運べるノート、さらにはｉＰａｄやｉＰｈｏｎｅ内のデータを自動的に同期させるような、ユーザーにとって実にありがたい仕組みをつくるのではないかと思えるのだ。こうなると、アップル製品ばかりを使っている人と、そうでない人の間のＩＴ幸福度格差は、ますます広がっていくことになるだろう。

◇フェイスブックを活用する

フェイスブックは、友人との交流とか、情報の交換とかに使われることが多いネットサービスだが、私はそのような目的では使っていない。私にとってフェイスブックは仕事のツールである。仕事のツールとはまず、こういうことだ。今の私の仕事は複数のプロジェクトで構成されている。午前中はある人たちと打ち合わせをし、午後は別の人たちとどこかへ出かけるといった具合で、いくつもの事柄が同時進行しているのだ。すると大変なのは時間と進捗状況の管理である。いつ誰と一緒にどこへ行き、いつまでに何をどこまで進めればいいのかが、把握できなくなってくるのだ。そこで便利なのがフェイスブック。プロジェクトごとに非公開のグループを作り、メンバーには全員そこに参加してもらう。すると、メンバーの誰かが投稿した内容は、すべてのメンバーに共有される。メーリングリストに似ているが、メールよりも履歴を追いやすく、また、現状も把握しやすいため、プロジェクト管理には最適だ。

では、こういった業務連絡以外にはフェイスブックを使わないのかというと、そうではない。思いついたことを、見ている人全員に届くように投稿することもある。目的は、読者の反応を得ることだ。

私にはフェイスブックのフォロワーが約2万人いる。つまり、私が何かを投稿すれば、2万人の画面にそれが表示されることを意味する。何かを投稿すると、「いいね！」やシェア、コメントといった反応が得られる。私はそれを見て、このテーマで本を出したら売れそうだとか、こういう話には興味が持たれないのかなどと、判断の材料にしている。事実、投稿がきっかけになって、出版社から書籍の企画が舞い込んできたことがある。

フェイスブックをマーケティングの場として使うには、反応してくれる人を集める必要がある。そこで私は普段から、面白いニュースに面白いコメントを付けて投稿し、フォロワーを集める努力をしている。一方で、読み手になんの関係もない、食事やペットの話題は投稿しない。たいていの人間は、他人の食事に興味はなく、延々とシェアされるペットの動画にもあきている。

私のような使い方をしているのは少数派と見えて、ときおり、交流のために使っているのであろう見ず知らずの人から「友達リクエスト」されることがある。そのときは、申請してきた人がどんな人物なのか、その人のフェイスブックのページを見に行くことにしている。たいていの場合はそれでおしまいだが、過去の投稿が面白ければ友達申請を受け入れる。中には、この友達申請が縁で、実際にお会いすることになった人もいる。

問題は、友達は選べても私の投稿にコメントしてくる人は選べな

いことだ。北朝鮮の最近の動きについてコメントしたときに、最近食べたキムチについて投稿してくるようなお門違いな、または知性を疑いたくなるコメントをする人のことは、ブロック機能を使って視界から消している。そうしないと、質が下がるからだ。『情報の「捨て方」』(角川新書)にも書いたが、悪貨は良貨を駆逐するとは良く言ったもので、コメント欄という場は放っておくと荒れる。だから人為的に防がなくてはならない。

ブロックする際には、その理由を記すこともある。それが私のルールであることを周知させるためだ。そこまで手間をかけて良い場を保とうとするのは、私にとってフェイスブックは仕事のツールだからだ。ビジネスマンには、名刺の整理や革靴の手入れが欠かせないのと同じように、フェイスブックでもメンテナンスが必須なのである。

◇ドローンの次のかたちを

ドローンとは、という説明はもはや必要がないだろう。この名を聞けば、誰もがあの飛行体を思い浮かべるに違いない。もともとは無人飛行機という意味だったが、今では4つ以上の回転翼を持つものをドローンと呼ぶのが一般的になった。ドローンに積んだカメラで撮影したテレビCMや音楽のプロモーションビデオは珍しくなくなった。ＹｏｕＴｕｂｅを少し検索しただけで、ドローンで撮影したという花火やイルカに、滝や噴火、それから軍艦島など、動画をいくつも見つけられる。ドローンのすごさを知るには、こういった動画を見るのが一番だ。アマゾンやグーグルはこれを使っての宅配ビジネスを目論んでいる。

ただ、ドローンは企業だけのものではない。価格も比較的手ごろなので、個人でも手に入れられる。組み立ても操縦もさほど難しくない。もっと正確に言えば、どちらも驚くほど簡単だ。ラジコンヘリコプターなどに比べると圧倒的に操縦しやすいし、可愛げもある。

ドローンは、飛んでいる最中にバッテリーの残量が少なくなってくると、事前に登録しておいた自分の〝巣〟に戻ってくるのだが、その様は、遊び疲れた犬が餌を求めて帰ってくるかのようで、実にいじらしい。機能だけでなく愛敬も持ち合わせているのだから、短期間でこれだけ普及し、知名度を上げたのも頷ける。

しかし、この製品のコンセプトはそれほど目新しいものではない。ドローンの主な要素は、衛星とやりとりして自分の位置を割り出すＧＰＳと、角度と角速度（物の回転の速さ）を検出するジャイロセンサーだが、これらはスマホに組み込まれたことで、小さくなり価格が下がってきたのだ。バッテリーも小型軽量化と低価格化が進んだ。では、これらを組み合わせたら何ができるかを考えると、結論はドローンのような自律的な飛行体になる。

パソコンが普及したときもそうだった。パソコンは当初、かなり高価なものだったが、普及するにつれ、使われるＣＰＵやメモリーの価格が下がり、その複合体であるパソコンの価格も下がり、さらに普及が進むというスパイラルを生み出した。数が出ることで使われる要素の価格が下がれば、それらで構成された製品の価格も下がり、出回る数が積み上がっていくのはどこでも見られる現象だ。

そういう意味でドローンは生まれるべくして生まれ、普及すべくして普及したプロダクトだ。だから驚くに値しないし、今後も、ＧＰＳやジャイロを使った新しいものが登場しても、やはり驚く必要はない。

ただ、ドローンにも驚くべき点はある。警戒すべき点と言ってもいいかもしれない。それは、このスタンダードを作ったのがＤＪＩという中国企業だという事実だ。私は組み立てにはんだ付けが必要な初代機から何台かを購入してきたが、はんだ付けが不要になり、後付けだったカメラが一体化され、ついにはｉＰｈｏｎｅでの制御ができるようになるという、洗練のプロセスを見て、この中国企業は侮れないと感じた。

ＤＪＩは、日本企業が手を出さなかった分野でのスタンダードをいとも簡単に作り上げてしまった。この手の中国企業は、日本企業の作ったものを真似て安く売るだけの多くの韓国企業とは違い、スピード感もデザインセンスも、まるでシリコンバレーにあるベンチャーだ。たまたま本社が中国にあり、社員にも若い中国人が多いだけという印象を受ける。彼らがたどたどしい英語でドローンについ

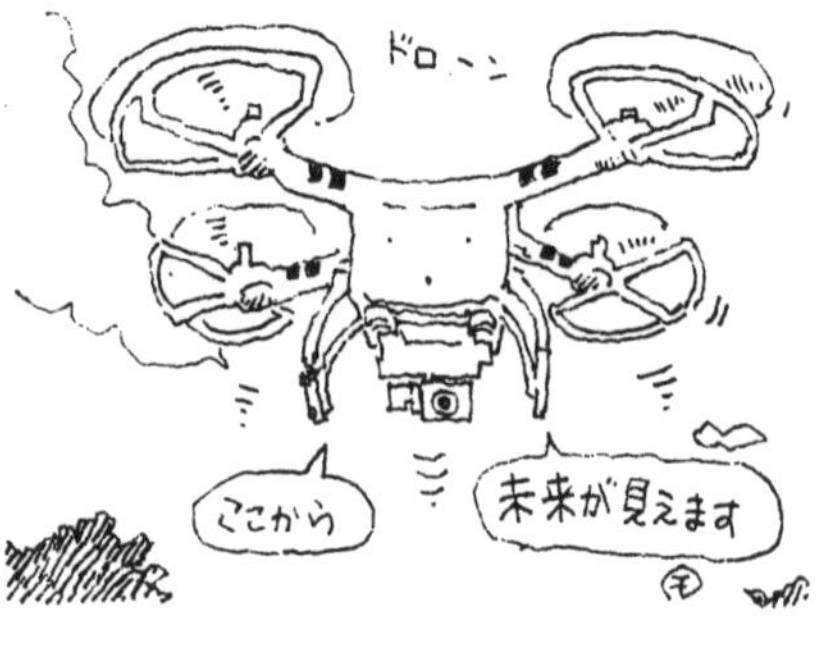

て説明している動画を見ると、親近感を抱いてしまう。

またしばらくすると、姿も形も用途も異なる、しかしドローン的なものが登場するだろう。それを生み出すのは、どこの国の企業だろうか。

2　本を読むことのプラス

◇本は目で楽しむ

主宰する書評サイト、HONZの紹介をすでにしたが、言わずもがな、私の道楽は読書である。1カ月に読む本は30冊を下らない。どう「読む」かは人それぞれだろうが、相当量の本を自分で選んで買っている。

本を選ぶというと、多くの人はそこに書かれた内容にこだわる。役立つ情報や新しい知見がどれだけ入っているか、着眼点や文体はどうかといったことだ。

しかし、私が自分で買う本の4分の1は、図版がふんだんに入った本や写真集である。私のこだわりの一つは、「目で見て楽しめること」なのだ。

一つ二つ例を挙げよう。

例えば福田和彦著『東海道五十三次将軍家茂公御上洛図』（河出書房新社）には、第14代将軍徳川家茂の上洛を描いた浮世絵162枚が収められている。一流の絵師によるそれらの絵は、三十数年前にイタリアの美術館で見つかったものだ。そもそも将軍が上洛すること自体が229年ぶりと珍しく、お陰で人の並び順から持ち物に至るまで、知られざる行列の様子が明らかになった。いくら眺めても飽きない本である。

あるいは、『南方熊楠　菌類図譜』（新潮社）は、博物学の巨人・熊楠による菌類のスケッチ集。水彩で描かれた多種多様な菌類の周りに、びっしりと英文の記録が書き込まれている。隅に錆びたゼムクリップの跡が残っていて、紙の質感まで伝わってくる。熊楠の生きた明治時代にこんなクリップがあったのか、と妙なことに感心することもある。

絵や写真を眺めながら、その背後にあるものを読み解いたり、共感したりする。これらは私にとって、いわば「大人の絵本」である。

人は往々にして文字がぎっしり詰まったものを本だと思っている。だが、本が苦手な人でも、子供の頃には絵本や図鑑に夢中になった経験があるはずだ。ならば、大人になってからも、目で眺めて本を楽しむのはどうか。最初は装丁から入ってもいい。1冊でも気に入った本ができれば、あとは芋づる式に他の本との出会いがやってくる。

美醜は本を選ぶときの重要なポイントだ。装丁の冴えた本は、本棚に飾っても美しい。そう言うと、たいていの人は表紙のことを考えるけれど、私がこだわるのは、実は背表紙だ。

なぜなら、本棚に並べたとき、目に飛び込んでくるからだ。もちろん、背表紙の価値にはタイトルの巧妙さ、書体なども含まれる。本という道楽には、自宅の本棚をどう見栄え良くするかも含まれるが、その時の私のキーワードは「多様性」。全て黒い背表紙でも、全てが白でもいけない。判型、ジャンルがバラバラだと面白い。全体として絶妙なバランスを保つ本棚が理想だ。すると、中身までじっくり確かめたくなって、実際に本を手に取ってしまうのだ。

最近はネット書店の隆盛で、直接本に触れられる街の本屋が減っている。すでに、北海道の留萌市では、市内に1軒しかなかった本屋が廃業し、慌てた市民が三省堂を誘致するという事態が起きている。似た例は増えている。どんなにネット販売が発達しても、一方で、リアルな書店は求められている。実物に触れる場所がなければ、そもそも本好きが増えることもない。

ネット販売でいえば、最近のアマゾンの成長はすさまじい。毎月、膨大な本を読む人間にとって、あの利便性は誰も否定できないだろう。ただ、もしもアマゾンに注文を付けるなら、サイトの画面上で、

とり外した帯
専用の箱がある、
驚きの読書量
さすが
HONZ代表……

背表紙や中身をもっと見せて欲しい。それだけで私のような本好きの楽しみは倍増する。一方、全国の書店さんには大人が吸い寄せられる美しい「棚づくり」をお願いしたい。アマゾンに棚はない。本に実際に触れられる、それだけで、通う楽しみが増えるのだから。

◇成毛的書店経営を模索する

本好きにとって、リアル書店の良さは表紙や手触りなどリアルな感触を確認できることにある。ネットで買う利便性も捨てがたいが、お店に足を運べば、本選びに幅が生まれてくることは言うまでもない。

日常的に通っていると、近ごろの日本には、おおよそ3タイプの書店があることが分かる。

一つは、いわゆる「町の本屋さん」。駅前や商店街で、新刊本や雑誌を並べる昔ながらの書店だ。昭和の時代から座り続けている店主に立ち読みする子どもが叱られる光景が目に浮かぶ。

二つ目は、紀伊國屋書店や丸善、ジュンク堂書店などの「大型店」だ。日本の新刊点数は年間7万点を超えるが、その多くがこれらの店に集まる。さらに、この数年、売り場面積が拡大する傾向にあり、品揃えという点で右に出る者はいない。

さて、三つ目は、最近注目される「個性派書店」である。代表例が、京都の恵文社一乗寺店だろう。ここでは新本、古本を問わず、スタッフの感性や店が掲げるテーマに沿った本が集められている。どことなくレトロな雰囲気の店内には、それらの本と一緒に世界中の様々な雑貨やＣＤが並ぶ。まさに本を中心としたセレクトショップだ。

こうした個性派書店には、店内にこたつを置いたり、生ビールやコーヒーを出したり、あるいは、読書会で顧客との関係づくりに力を入れる店もある。昔ではあり得なかった発想だ。

個性派の中でも異色なのはヴィレッジヴァンガード。生活雑貨から家具や食品まで扱うスタイルは、本屋というより雑貨屋に近い。全国におよそ４００店を展開するこの書店は、「遊べる本屋」をキーワードに急成長してきた。いまや書店もアイデアで勝負する時代なのだ。

アイデアといえば、今から16年ほど前、私にも密かな書店の構想があった。

当時、マイクロソフトの社長を退任した私は次の仕事をどうしようかと思案していた。そんなとき、たまたま目に止まったのがホームセンターの書籍コーナーだ。園芸やＤＩＹに関する本が店の片隅の書棚にひっそりと並び、ときおり買い物客が足を止めている。

が、よく見ると、品揃えが今ひとつ。書籍のプロではないホームセンターの社員が仕入れているのだから無理もない。そう思ったとき、あるアイデアが浮かんだ。

ホームセンターの商品に特化した本を、こちらで選んであげてはどうだろう。それをパッケージ化して、全国各店の書籍コーナーに展開する。いわばホームセンター専門の小さな書店だ。本の仕入れから配送、在庫管理まで請け負えば、ホームセンター側にもメリットは大きい。書店名は、コーナーに合わせて「ガーデンブックス」や「ＤＩＹ書店」とすればいい。

この手法は他にも応用が利く。例えば、高級スーパーにワインやチーズの本、デパートの紳士服売り場にスーツに関する本を置いてみる。あるいは、築地市場の中に食材に関する書籍を扱うコーナーをつくり、そこで売れた本のデータを基に、食に特化した書店を全国に展開する。魚河岸最前線でのベストランキングを活用しようというわけだ。

どんな場所でも手軽に開ける「ジャンル別極小書店」。大型書店の逆をいくこの発想は、やり方次第で〝第4の書店〟になるかも、と思わずにはいられなかった。

ただし、在庫状況に合わせて配本を行うには、巨大なオペレーションセンターが必要。つまり、莫大なコストがかかる。実現は叶わず、そうこうするうちに出版界の状況も変わってしまった。不況に喘ぐ業界の只中にあって、この発想も通用するか分からない。それでも、何かできないか、と頭の片隅でアイデアを模索し続けているのである。

◇「完璧な書店」を妄想する

書店とは実に面白い存在だと思う。本好きによって運営される、本好きのための場所であるところは、一日中フランスパンのことを考えているパン屋や、ウィスキーに人生を捧げているバーテンダーがいるバーに似ている。なかにはそうではない書店もあるが、しかし大抵の書店は、プロがプロを迎え撃つようなたたずまいをしている。だから行く方も真剣だ。

私には、本を読むことについてはプロに肉薄しているという自負がある。かなりの冊数を読んできたし、その勢いのまま書評サイトを主宰しているのだから、それで稼いでいないにしても、セミプロと名乗っても怒られないのではないかと思っている。

その読む側のセミプロとして書店、とりわけ大型書店にお願いしたいことがいくつかある。

まず、レジのオペレーションをより早くしてもらいたい。レジが各フロアにあるか、はたまた1階にまとまってあるかは書店によって異なるが、処理スピードもまた、だいぶ異なる。たとえば丸善丸の内本店の3階は、レジが複数ある上に、店員の手さばきが良いので、長い列ができていても実際の待ち時間は短い。なので、待たされるのが嫌で列を離脱することがない。私が最もよく通う丸善は日本橋店だが、丸善がジュンク堂と経営統合をして最も変わったところは、店内の様子でも品揃えでもなく、レジのオペレーションだったのにはなるほどと思った。

次に、トイレを充実させて欲しい。「青木まりこ現象」をご存じだろうか。これは、書店に行くと便意（尿意ではない）を催すという一部の、しかしかなり多くの人に見られる現象である。この存在が広く知られるようになったのは雑誌『本の雑誌』が1985年に取り上げて大きな反響を呼んだからで、その後も幾度となく本好きの間で話題になっている。

原因は不明ながら多くの人にこの現象が認められている以上、書店はトイレを充実させるべきではないか。それも、ただ個室を増やしたりウォシュレットを備えたりすればいいというものではない。催したとき、たいていの人の手には会計前の本があるはずだ。ところが、今、その本をどこへ預けるかについてのソリューションが提供されていない。会計前の本をトイレに持ち込むことは「ご遠慮ください」とされており、かといって、元の場所に戻す時間は惜しい。なので、トイレの前にちょっとしたロッカーをしつらえて欲しい。銭湯のかごのようなものでも十分だ。そのロッカーの存在が話題となり、それを目当てにやってくる客も、一人や二人ではないはずだ。

さらに、新規出店の折にぜひ考えて欲しいことがある。それは、どこに出店するかだ。当たり前と言われそうだが、しかし、商圏がどう、人口がどう、というのとは、別の視点を持って欲しい。

書店で買い物をすれば、荷物は重くなる。店内を歩き回ったせいで疲れてもいる。こういうとき、戦利品を確かめながら軽く一杯やりたくなるのが人情だ。それにふさわしい店はそば屋である。そば屋が近くにある書店が、案外と少ないのだ。私が日本橋の丸善に通う理由はいくつかあるが、そのうちの一つはこのそば屋の存在である。神田に書店が多いのも、そば屋の数と無縁ではないように思える。そば屋でなくとも、さっと飲んでさっと食べるにふさわしい大人の店があればいい。

そう考えると、神楽坂、銀座、浅草など、東京でも出店の穴場はまだまだある。地方では、京都、金沢、倉敷などが有力な候補だ。これらの街に、レジもトイレも完璧な書店があったなら、全国から本好きが集まるだろう。

◇悪口をブロックしない

今、私はノンフィクションの書評サイト『ＨＯＮＺ』で、面白かった本だけを、正直に紹介している。面白くない本を取り上げないのは、紹介する必要性を感じないからだ。それに、「この本はこんなにつまらない」と悪口を書いていると、内容よりも悪口を読みたい人ばかりが集まってきて、サイトが悪口愛好会のようになってしまう。逆に、面白い本だけを紹介していれば、純粋な本好きだけを集められて、有意義なコミュニケーションができる。

とはいえ、ネットで発言をしていると、悪質な絡まれ方をすることがある。それもよしと受け止めたり、誤解を解くために応じたりは、絶対にしない。経験上、的外れな物言いをする人にはこちらが何を言っても話が通じないので、やりとりをして得られるものは徒労感だけだからだ。なので、理不尽な悪口を書かれたら、それを視界から消し去る。ツイッターやフェイスブックには、こちらから相手のコメントが見られなくなり、相手からもこちらが見られなくなる『ブロック』という大変便利な機能があるので、迷わずこれを使っている。

しかし、どれだけ悪口を書かれても、一切のブロックをしなかった時期もあった。媒体はネットではなく新聞。私がマイクロソフトの社長に就任して間もない1990年代前半のことだ。

当時のマイクロソフトは、今とは比べものにならないほど無名だった。Windows 95どころか、その前の主要バージョンWindows 3.1も発売していなかった頃なのだから、推して知るべし。それでも、存在を知るごく一部の人からは非常に嫌われていた。マイクロソフトはアメリカ製のソフトウェアで日本文化を破壊しようとしている横暴な企業であり、ビル・ゲイツは世界征服を企んでいる極悪非道な独裁者であるかのように報じられることもあった。大手紙も例外ではなく、当時のマイクロソフトに対するあらゆるメディアの筆致は、悪意に満ちたものだと、私の目には映っていた。

ただ、私はそれらの新聞記事に抗議をした記憶はない。それどころか、いい記事も悪い記事も、同じように捉えていた。大切なのは、中身ではなく量である。新聞は1ページが15段で組まれているが、その段を単位に、毎日、自社に関する記事が何段出ているかを数えていたのだ。当時は、どんなことを書かれようとも、自社に関する記事が新聞に掲載され、知名度が上がる方が重要だった。それに、新聞は両論併記を好む媒体だ。悪口が多いということは、いつかはいい記事ばかりになるだろうという読みもあった。

93年の春、朝日新聞社から2人の記者が取材にやってきた。1人は椅子に座ってパタパタと扇子を動かし、もう1人は寡黙にメモをとっていた。2人が帰ってからも、その取材がどんな内容の記事になるかはよくわからなかった。

全貌が明らかになったのは5月18日の朝刊を開いたときだった。思わずぎゃっと叫びそうになった。先のインタビューに基づく記事が経済面の半分近くを占めていたのだ。内容は前向き。これだけのスペースに広告を出そうと思ったら、いったいいくらかかるかとクラクラした。しかもその日は、Windows 3.1 の発売日。こんなにありがたい追い風はない。記事内でビル・ゲイツは「日本で年度内に100万本売る」と語っていたが、事実、1年間で140万本以上売れた。

あの日以来、自社に関する記事の段数は数えなくなった。マイクロソフトにとって、それが必要な時期が終わったからだ。悪口も、

言われる相手と場所、そして時期によっては有効なのだ。無論、そういった特殊例以外、即ブロックなのは言うまでもない。

◇批評よりもキュレーションをする

若者が車を買わなくなったと言われている。理由は様々にあるだろうが、自動車評論が緻密になりすぎたことも原因のひとつではないだろうか。どんな車にも欠点を見つけ、それを分析することが鋭くて賢いことであるかのような風潮が、「カローラがいい」「クラウンが最高」といった雑駁ではあるがそう間違っていない評価を駆逐してしまったように思えてならないのだ。映画についても同じで、「ここがダメ」「あれがダメ」ばかりの批評家が増えたことと、観客動員数の減少は無関係ではないはずだ。いったい誰が酷評されている映画を見に行こうと思うだろうか。こうなると、人は車や映画から離れ、そして、車や映画を批判する人物からも離れていくのではないか。

テレビの視聴率が下がっているのも、それが理由だろう。ニュースを扱うバラエティ番組には、ありとあらゆることに文句を付けるために呼ばれたかのようなコメンテーターがいる。インテリとは斜に構えてものを言うべきだと信じ込んでいる彼らが他人の悪口を言う様を、視聴者は見せられているのである。かたやネットの世界にも、素人による罵倒に近い批評が溢れている。この現象は、ものを悪く言うのがいかに簡単であるかの証左でもあるだろう。私はこれらにすっかり飽きてしまった。

ところで最近、美術館や博物館がブームになりつつある。そこにはキュレーターと呼ばれる目利きが選んだお薦めの作品しか展示されていない。プロがいいと思ったものだけが並んでいる空間はとても居心地が良い。それと同じように、良いものだけを褒めて薦めてくれる人は印象が良い。

良いものを褒め、他人に薦めるのは実は簡単だ。褒めて薦めたくなるものに出会うまでは、口をつぐんでいればいいのだ。我々は評論家ではないのだから、のべつまくなしに評論をする必要はない。良くないもの、褒めるのが難しいものに出会ったら黙って無視し、良いものに出会ったときだけ、大きな声で「これはいい」と叫べばいい。

そのときの言葉はシンプルなのが一番だ。無理をして褒め、薦めようとすると多弁になるが、褒めて薦めたくなるものを前にしたとき、妙に文芸調になる必要はない。データを並べることも不要だ。「すごい」「面白い」「最高」などと熱意さえ表現できれば大成功だ。

この発想は、ビジネスにも応用できる。たとえば、お薦めのテレビ番組を教えてくれるサービスがあったら、きっと私は使うだろう。ＣＳにはいくつものチャンネルがあり、同時にたくさんの番組が放送されている。その中には、まだ私が見たことのない面白い番組もあるに違いない。それをセンスのいい誰かに絶賛しながら薦めてもらいたいのだ。

また、数多ある手みやげも薦めてほしい。いくつもの候補の中からどこの店の何という商品が手みやげとして適しているかを選び出し、その理由は何なのかをストレートに解説してもらえたなら、私は間違いなくアドバイス通りの手みやげを買う。そして、持参先でその手みやげがいかに素晴らしいかを語るだろう。

不思議なことに、人間は薦めてもらって良かったものを、他人に薦めずにはいられないようにできている。誰かがキュレーションを始めると、キュレーターが増殖するのだ。だから、自動車、映画、テレビ関係者は、批判一辺倒の評論家は置いておいて、一人でも二人でも、キュレーターを育ててみてはどうだろうか。すると、商品や作品を褒める人で溢れる世の中がやってくるかもしれない。ただしそうなったら、私は批評家に転じる。それが逆張りというものだ。

◇HONZという転職をした

ひところ、新卒で入社した会社を3年で辞める若者が話題になったことがあった。これはある程度は正しいと私は思っている。よほどのブラック企業でない限り、3年間は同じ会社で働かないと社内や業界の仕組みがわからないからだ。3年以内に会社を変わってしまっては、仕事の基礎が身につかない。半年や1年ではなく、3年で辞めるところにセンスを感じる。

一方で、3年経って仕組みがわかり、隣の芝生が青く見えたなら、そこへ移ってもいいと思う。ただしこれには条件があって、同じ業界の別の会社に移るに限る。つまり、転職ではなくて転社だ。それが可能かどうかは別として、3年ごとに転社を繰り返し、定年までの40年間を使って同じ業界で14の会社を知るのも、変化に富んでいて、なかなか面白い人生ではないだろうか。

しかし、実際のところ転社は面倒だ。会社を辞め、新しい環境に慣れるにはエネルギーがいる。同じ会社で勤め上げるほうが楽だし、それもまた悪くない人生だ。転社よりさらに面倒なのは転職。これは転社のように気軽にはできない。転職とは、業界をまったく変えることを意味する。

2014年8月、マイクロソフトの役員だったスティーブ・バルマーが退任し、プロバスケットボールチーム、ロサンゼルス・クリッパーズのオーナーとなり、その経営に専念することが報じられた。ITの世界からスポーツの世界への転職である。こういった転職は、生涯にせいぜい3度が限度だろう。その業界のルールや慣習を知るところから始めて事業を軌道に乗せるには、少なくとも10年はかかるからだ。

90年代中頃に、日本でもビル・ゲイツのような経営者が生まれるような教育や支援をするべきだという論調が高まったことがある。そう口にしていた人々には、当時のマイクロソフトが彗星の如く現れた新興企業に見えたのだろう。しかし、ビルが起業したのは1975年だ。

Windows 95の発売までには、20年近くの年月と大変な金額が費やされていた。その下積みがあってこその開花だったのだ。果たして、日本にもビル・ゲイツを、と唱えていた人、そして今、日本にもスティーブ・ジョブズを、と叫んでいる人のどれだけが、その下積みを理解しているだろう。ジョブズがアップルをつくったのは77年である。

ところで最近ネット業界では、起業する側に、短時間のうちに会社を大きくしようとする動きが目立つ。ＩＴの世界では、経営にもそのくらいのスピード感が求められていると信じ込んでいるかのようだ。しかし、いくらネット業界でも、立ち上げた会社の経営を安定させるには10年はかかると見た方がいい。情報伝達のスピードが速くなっても、会社成長の速度は変わらない。このあたりのスピード感は、製造業界だろうが、ネット業界だろうが同じだ。製造業なら、工場の新設に3年かかることも珍しくないのだから、起業から3年でピークを目指すかのように生き急ぐネット系企業を見ると心配になってしまう。

私自身は、２０００年にマイクロソフトを辞めて投資コンサルティング会社のインスパイアを立ち上げたときが事実上の最初の転職だった。そのインスパイアの経営を後進に譲ってから11年にノンフィクションの書評サイト『ＨＯＮＺ』をつくったのも転職に近いいか

もしれない。現在5年目のHONZはまだまだ成長の途上にある。では今から5年後、HONZを誰かに託して新しいことを始めるかというとわからない。生涯を通じて転職や転社をしない人もいるのだから、一度転職したからといって10年ごとに転職しなくてはならないわけではなかろう。転職しない理由が「面倒だから」であっても、一向に構わないはずだ。

◇辞書や名言集を読む

先日、ようやく『隠語大辞典』（皓星社）を手に入れた。明治以降に出版された資料から、業界用語や符牒ばかりを集めた、たいそう大きくて重い辞書である。ページを開けば広辞苑にすら載っていない言葉も多く目に留まる。土蔵破りを「ひめころし」と呼ぶのは、この辞書を読まなければ知り得なかった。

ついこの間までは『集団語辞典』（東京堂出版）を読んでいた。これも業界用語ばかりを集めた辞書だ。しかし私は、業界用語マニアではない。

私にとって辞書や事典は、必要に駆られてひくものではなく、未知が詰まった最高の読み物だ。小学生の頃、夜、寝る前に読んでいたのは小学館の『日本百科大事典』（全13巻別巻1）だった。それを「あ」から順に読んでいき、読み終わったら、家がお金持ちなら平凡社の『世界大百科事典』（全26巻）を買ってもらえるのにと思いながら、もう一度最初から読み返していた。

今でも忘れられない記述は「クリスマスツリー」の項にあった。そこには、12月下旬に飾るもみの木については一言も書かれておらず、石油の掘削リグの一部を、その業界ではクリスマスツリーと呼ぶと記されていた。おそらく、日本百科大事典を持っていても、1ページ目から読んでいなかったら得られなかった知識だろう。わざわざ事典で「クリスマスツリー」について調べることは、それまでもそれからもなかったからだ。

今も私が辞書を読んでいるのは、自分からは調べようとはしないもの、調べることを思いつきもしないものに出会うためだ。冒頭の「ひめころし」も意図を持ってたどりついたのではなく、たまたま目に付いた言葉である。

同様に、先人たちの名言集も読んでいる。目的は、上手い文章を書いてやろうとか、気の利いたスピーチをしてやろうとかいったものではない。もちろん、感銘を受けるためでも、人生を深く考えるためでもない。昔から人は愚かで、かつ勝手なことを言ってきたのを確かめながら、その勝手な、これといった脈絡のない語群を一時的に頭の中に入れるために読んでいる。頭の中を混沌とさせるためだけにひたすらページをめくっているのだ。

だから、業界やジャンル別にまとめられた辞書や事典、テーマ別の名言集は役に立たない。業界やジャンルは無視して、言葉や発言者が50音順に並んでいるタイプが好ましい。

雑多な知識や情報を得て整理せずにいると、それらは積み上がっていかない。だが、自分の成長に寄与しないかというと、そんなことはない。むしろ、広く浅い土台ができあがっていくので、

「これは」というものが見つかったときには、その広い土台のどこにでも、自力で高い塔を建てられる。つまり、一点集中が可能になる。裏を返せば、基礎のないところには、高い塔は建ちようがない。

土台のないところに高い塔を建てようとすることは、思いつきと勢いだけの起業に似て、根拠なく何かに依存することに等しい危険な行為だ。いくつもある選択肢の中からそれを選んでいるというより、搦め捕られているといっていい。特に人間、年を取ると経験というものに縛られがちになるので、新しい物を生み出して行く意欲があるなら、凝り固まらないよう、多くの雑多な知識のなかに身を置く努力が必要ではないか。

私はその努力の一環として、辞書や名言集を読んでいる。何にも縛られず自由に生きるにしても、努力が欠かせないのだ。ただ、辞書や名言集を読むのは楽しくて、努力につきものの苦労や悲壮感がなく、周囲からはそれを努力と認めてもらえない。そのギャップも楽しんでいる。

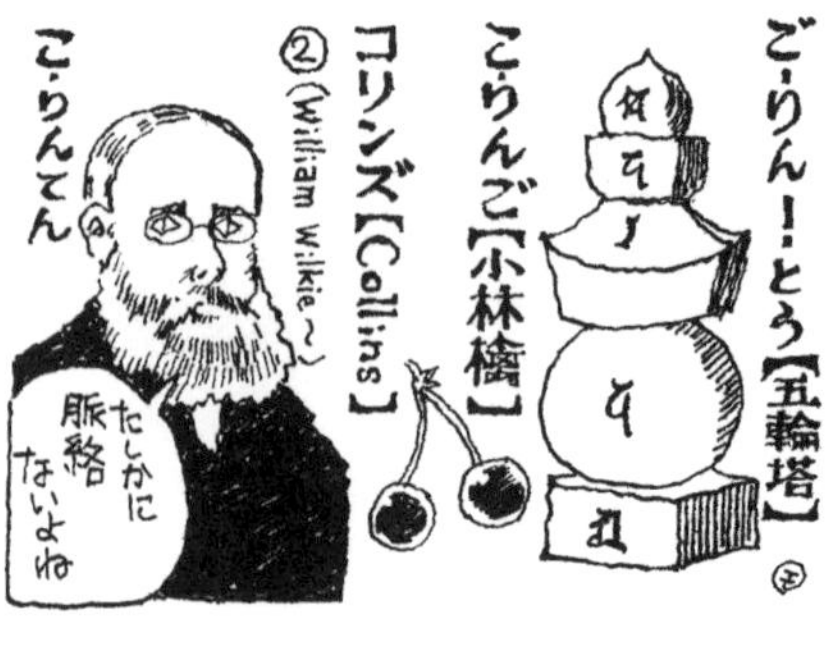

◇紙の地図を眺め倒す

松本清張は『点と線』など時刻表トリックで有名だが、『Dの複合』を読むと、相当な地図マニアでもあったのではないかと思われる。この『Dの複合』では東経１３５度と北緯35度がひとつのキーになっており、その北緯35度には千葉の館山、三重の四日市、京都市、島根の石見銀山が並んでいる。私は安楽椅子探偵ならぬリビングルームトラベラーなので、館山と函館の経度がほぼ同じで、つまり、意外にも日の出と日の入りの時刻が同じぐらいであることを見つけ出しては悦に入っている。

そのリビングルームトラベラーもたまにはゴルフにでかける。先日は軽井沢に行き、このときふと難所として知られる碓氷峠が気になった。碓氷峠とはいったい何という山に連なるのかが、突如として気になってしまったのだ。

スマートフォンで検索したが、よくわからなかった。丹念に調べればわかるのだろうが、思っていたほど簡単には答えが得られないことに驚いた。その勢いで、つい、ロードマップを買ってしまった。これによって、旧中山道が旧碓氷峠、国道18号が碓氷峠、碓氷バイパスが入山峠《いりやま》をそれぞれ越えることがわかった。そのままロードマップを見ているうちに、大学生の頃、志賀高原でスキーをしたことを思い出した。志賀高原は碓氷峠から近からずも遠からずの位置にありそうだが、ロードマップではそれを簡単には読み取れない。

仕方がないので、今度は中高生が使うような、標高が緑と茶色で塗り分けられている地図を買った。すると、碓氷峠は矢ヶ崎山に連なっていること、碓氷峠と志賀高原とはだいぶ離れていること、そして、それぞれの高低差まではっきりと把握できた。

高低差がわかると地図はとたんに面白さが増す。今度は山側から海岸線を見下ろせる地図が見てみたいが、そんな酔狂なものはないだろうと思っていたらみつかった。『全国鉄道絶景パノラマ地図帳』（集英社）である。３Ｄで地形がリアルな上、どこに鉄道が通っていてどこに駅があるかがわかりやすい。この地図で中央本線沿いを見ていると、鉄道は平らなところを縫うように走っていること、かつて有力とされていた戦国武将たちは山中のわずかな平地を占拠していたことがわかる。そして、信越本線がなぜ碓氷峠を越えていたのかも一目瞭然だった。碓氷峠は確かに難所だが、周囲はそれ以上の難所なのである。

こうやって、縮尺を変え、また視点を変えて地図を見ていると、一枚で完璧なものは存在せず、使い分けてこその地図であると実感できる。また、さまざまな疑問が解決する一方で新たな謎も湧き、歴史書に手を伸ばしたくなったり、駅の構造を調べたくなったりし

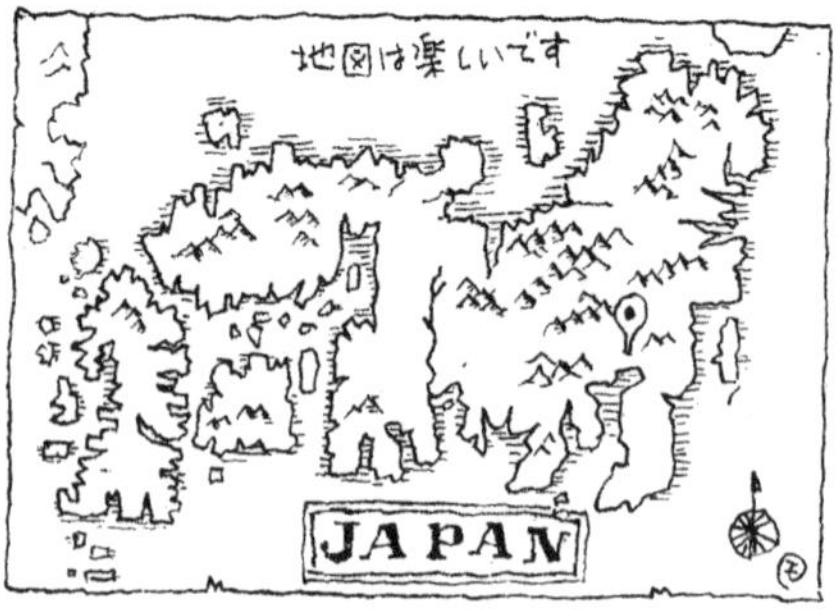

て、時間が経つのを忘れる。

そのたびに、日本に生まれて良かったと思う。大陸の国々などでは、土地が平らだから交通網は大雑把に放射状であることが大半で、地図を見る楽しみを味わいにくいのではないか。その点、日本列島はプレートがぶつかったところにあるがゆえに地震や噴火からは逃れられないが、そうである以上、地形を楽しみつくすのがいいと思う。海に囲まれ高低差が大きく、鉄道や道路が地形に合わせて走って都市をつないでいるという、地図にしたときにこれほどダイナミックな国はそうはないだろう。

旅先にも、道路地図のほかに複数の地図を持っていくと、見える風景が変わるかもしれない。むしろ道路地図はカーナビにまかせて、高低差や鉄道路線がわかる地図を携行するべきだろう。リビングにいても旅先でも、自分の居場所を高みから俯瞰できる神の視点を得ることが、新たなものの見方と発見とをもたらしてくれるのだ。

◇本棚とスマホは脳を映す

部屋が散らかっていても、どこに何があるかは把握しているので問題はないなどと嘯《うそぶ》く人がときどきいる。それを聞く度に、本当だろうかといぶかしく思い、片付けられない言い訳をしているだけではないかと疑ってしまう。散らかっているよりも片付いている方が、明らかにどこに何があるかがわかりやすい。私は本もスマートフォンのアプリもかなり整理した状態を保っている。そうしようと強く意識してのことである。

本棚は、ジャンルごとに分けている。歴史に関する本ならこの区画に、サイエンスに関する本ならこの区画にといった具合に納めていく。著者名の順でも買った順でもなく、ましてや出版社単位でもなく、ジャンルで区分するのがコツである。こうしておくと、あとから特定の本を探すとき、本棚全体を総ざらいする必要がない。

区画の大きさはジャンルによって異なる。私の場合は科学系の区画がかなり広い。その広いスペースも、新たに買って読み終えた本を並べていく度に手狭になっていき、最終的には満杯になる。

そうなったら、区画の棚卸しをする。本棚から退場させる本を決めるのだ。基準は三つ。面白さ、新しさ、図版の多寡だ。面白い本は無条件で棚に残る。同じくらい面白く、かつ、内容の近いものが2冊あれば、新しい方が残る。面白さも新しさも同程度なら、図版の多い方が残る。本における図版は、ときには文字以上の情報を持っている。

本棚から退場が決まった本は、もう二度と読むことはない。残った本ですら、もう一度読むかどうか定かでないことを考えれば当然である。本棚に居場所を失った本は、書庫に移すか古書店に売るかする。そうすると、新しい本を呼び込むスペースができるので、読書により一層、意欲的になれる。この棚卸し作業を、私は年に数回行っている。

スマートフォンの画面を整理する頻度はもっと高い。お使いの方はご存じと思うが、スマホは自由にアプリを追加できるので、その度に、アプリのアイコンが画面に加わることになる。管理しないでいると、アイコンは古いものから順に漫然と並ぶ。

しかし、これではとても使いにくい。私はアプリについても、ジャンル別に並べ変えている。地図系アプリは横1列に4つ並べ、メールなどのコミュニケーション関連アプリもまた横1列に4つといった具合だ。

4つに絞り込むまでにはいろいろなものを試している。ニュース系アプリにしろ、メッセンジャーにしろ、良さそうなものが新しくリリースされればダウンロードし、一定期間試用して、良かったものだけを残し、合わなかったものは容赦なく削除していく。

残ったアプリのアイコンの配置は、利用シーンを想定して決めている。乗り換え案内や地図など、出先で、かつ急いで使うことが想定されるアプリは、メイン画面の指が届きやすい位置に据える。カメラやゲームなど、それほど焦って使うことがなさそうなものには、いい場所を与えない。こうして整理を重ねていると、自ずと使いやすい、すっきりとした画面が保たれる。

本棚もスマホも、その外見の整理された状態は、私が理想とする

わかってますって！

脳内そのものだ。本棚は私の外部記憶装置だし、スマホは外部演算処理システムなのだから、脳の中と同じように、整然とした状態で保たれるべきだと思っている。多様な刺激や新陳代謝が必要なのもまた、脳と同じ。

古い、偏った分野の本ばかりが並ぶ本棚や、無秩序にアイコンが並んでいるスマホは、その持ち主がどういう人物なのかを雄弁に物語っていると私は信じて疑わない。

◇SFこそが、次に「来る」！

『火花』以来、芥川賞フィーバー、純文学ブームは次につながりそうだ。どんな業界でも、盛り上がらないよりも盛り上がる方がずっといいので、もっともっと尾を引くといいと思っている。私はこの作品によって又吉直樹さんが同賞を受賞したことを、ｉＰｈｏｎｅのニュースアプリで知った。

今やすっかり生活に定着したｉＰｈｏｎｅが発売されたのは２００７年だ。この年の芥川賞受賞者の一人は川上未映子さんであることから、ごくごく最近のことである。こんな小さな端末で出先からインターネットに接続でき、ちょっとしたデジカメよりもきれいな写真が撮れ、地図や辞書や電卓としても使え、おまけに通話もできるのが当たり前になったのがわずか9年前なのだから、10年前はいったいどうやって暮らしていたのだろうと思ってしまう。

先日、自動運転の機能がついた車に乗る機会があった。そういう機能のことは知っていたし、自動運転とは何かを頭では理解したつもりでいたのだが、話に聞くのと実際に体験するのとでは大違い。恐れ入り、ついにSFの世界が実現し始めたことを実感した。

スマホも自動運転車も、それから人工知能もドローンも、宇宙エレベーターも次世代兵器のレールガンも、近くを走っているハイヤーをスマホで確認し呼べるUberというサービスも、スマホに語りかければ明日の天気や最寄りの中華料理店や今日の株価が分かるのも、私たちが子どもの頃に読んだSFに描かれていた世の中そのものだ。今になってようやく、私たちは当時の近未来に生きている。

その近未来には、著名な起業家が薦める本を参照できる『Bookstck』という英語サイトが存在する。そこを覗いてみると、若い起業家でも案外、いかにもな経営書と並んで古典的なSFを挙げている人が目立つ。

電気自動車のテスラを創業したイーロン・マスク氏はアイザック・アシモフの『ファウンデーション三部作』やロバート・A・ハインラインの『異星の客』や『月は無慈悲な夜の女王』など、懐かしい名作を挙げている。『ファウンデーション三部作』は、投資集団・Yコンビネーターを率いるサム・アルトマン氏も推している。フェイスブックのCEO、マーク・ザッカーバーグは映画にもなった『エンダーのゲーム』を推薦している。

となると、こちらもSFを読み返さないわけにはいかない。そう思って星新一の作品を買い直すところから始めたのだが、これが実に示唆に富んでいる。「おーい　でてこーい」「味ラジオ」「声の網」などの作品から、私たちが今、生きている世の中は、すでに予言されていた世界であることがよくわかる。そして、予言していたのは星新一だけではない。

アシモフやハインライン、そして星新一は、理系のSF作家である。だからSFを文学作品にも、未来予測の書としても仕立てることができたのだろう。アーサー・C・クラークもロバート・L・フォワード、ラリー・ニーヴンやグレッグ・イーガンもそれぞれ物理や数学の専門家であり、日本でも、手塚治虫、瀬名秀明、円城塔、森博嗣各氏あたりは理系出身である。ここで挙げた中にはSF作家ではない人もいるが、作品は実にSF的な広がりを持っている。

アメリカではハードSFが再びはやりつつあるとも聞いている。日本でもそろそろSFのリバイバルブームが訪れ、さらには新しい理系出身の、あるいは理系的センスを持った書き手が文壇を盛り上げる頃合いではないだろうか。『火花』の次はSF。これは私の予言である。

◇雑誌や新聞の強みを使う

紙の新聞は読まなくなったが、活字を読む量は減っていないどころか増えていると感じている。もちろん、ネットで読んでいるからだ。よく言われる「活字離れ」は「紙に印刷した文字離れ」でしかなく、それと同等かそれ以上に、液晶に映し出される文字を読んでいる人が大半ではないかと思う。一言付け加えるならば、図書館の貸し出し冊数も年々増加傾向にあるから、離れられているのは有料の「紙に印刷した文字」だけと言えるかもしれない。

ただ、ネットで文章を読むのには忍耐が必要だ。目が疲れるとか肩が凝るとかいった類いのものではなく、間違いに寛容であることを求められるからだ。

先日、あるニュースを読んでいたら冒頭に「郡を抜いて」とあった。もちろん正しくは「群を抜いて」である。こういった誤字を見ると、読み進めようという意思は一気に萎え、気持ちを奮い立たせるのにエネルギーを消費することになる。このほかにも「TSUTAYA」を「TUTAYA」と書いていたり、サラダのレシピに突然「下部」（注・野菜のカブのこと）が登場したりと、不注意なものを見るとがっくりする。

数字のミスも多い。ゴルフプレーヤーの賞金が「2000円」となっていても、どこかの国の人口が「1200人」となっていても、読む側は眉一つ動かさずに脳内で万や億の字を補わなくてはならない状況になっている。

こういった間違いが新聞や雑誌に全くないとは言わないが、あまりない。あまりないから、たまに間違ったときに大騒ぎになるのである。ところが、ネットニュースの場合は、間違いの比率がぐんと上がる。なぜなら、間違うことを前提にそれを見つけるという手間を省いているからだ。

この原稿も、私が書いた後に編集者がチェックし、そして、校閲者というプロ中のプロがチェックする。校閲者は、誤字脱字の他、事実関係も調べる。たとえば私が「月夜に照らされながら、2015年11月12日の夜に私は帰宅した」と書いたなら、校閲者は「その日は新月なので月夜に照らされることはない」とコメントをするはずだ。さらには「2015年11月12日の夜、私は月夜に照らされながら帰宅した」とした方が文章がすっきりすることも指摘するに違いない。ここまでチェックするのだから、ミスは極限まで減る。

ネットで文章を読むと疲れる理由はもう一つある。それは、同じ記事が何カ所にも掲載されることだ。うっかりしていると、さっき読んだのと同じニュースを読み始めてしまう。同じニュースとは、同じ内容ということではなく、一字一句、同じということ。一つの記事が何カ所にも転載されるからこういうことが起こる。勝手に転載する不届きなサイトもあるが、たいていは契約に基づいて転載をしているのではないだろうか。私が主宰するノンフィクションの書評サイト『HONZ』の記事がスマートニュースに転載されているのは、その一例だ。これは、多くの人に一つのニュースを届けるのには適しているが、ネット活字中毒者にとってはやっかいな問題だ。

誤字脱字と転載の多さ。これがネットの文章の特徴である。こうした凡百の「ネットの文章」から抜け出すには、誤字脱字を減らし、オリジナリティを追求すればいいことになる。

そこで、校閲済みの文章にはマル校マーク、オリジナルの文章にはマル元マークを付けるようにしたらどうかと思う。これなら読む側にとっても親切だし、ニュースを提供する側にとっても、品質の保証になる。こうなると、新聞や雑誌、つまり「紙に印刷した文字を売る」業界の出番。出版不況だなんてとんでもないことである。

16〜17世紀の
こんなデタラメな図でも校閲が入っているのだ
モ

3　人のやらないことをやる

◇「帰れる場所」を作る

東京で好きな店を選べといわれたら、迷わず赤坂の小料理屋「津やま」を挙げる。今やリトル南大門市場と化した、赤坂2丁目の路地の奥、昭和の匂いのする一軒家の店だ。

この店は、味、雰囲気、もてなしのどれを取っても申し分がない。常連客には元首相や古風なオーナー系財界人、人間国宝の歌舞伎役者といった方々もいるようなのだが、よく観察してみるとこの店の客は2種類に分けられる。

タイプ1は立派な料亭や豪華なフランス料理に飽きてしまった人たちである。美しい飾り付け、高価な器、立派なウェイターやソムリエによって供せられる接待料理に対して、津やまの料理に気取ったものはない。飾りのための飾り、すなわち春なら桜の小枝、秋なら紅葉などの華美な装飾が一切付いていないのだ。皿の上には口に入れないものがのっていない。これぞ家庭料理だ。

カレーの匂いを嗅げば、小学校の帰路、わくわくしながら帰ったことを、かぼちゃの煮物なら祖母を思い浮かべる人もいるかもしれない。家庭の味は人それぞれだろう。しかし、不要な飾りがないという点では共通している。その精神がこの店にはあるのだ。それが原因なのか分からないが、常連客もすがすがしい人ばかりである。

タイプ2は自分で料理を選びたい人たち。津やまの料理はすべてアラカルトだ。お造りや焼き魚を注文しなくても、ぶらっと入っておからと焼き鳥をつまみに一杯飲んで帰ってもよい。軽く飲んで憂さを晴らしたいだけなのに、高級なコース料理など逆に落ち着かない。津やまは客のわがままに見事に対応してくれる。

私は30歳の頃から津やまに通っている。決して安くはないが、値が張っても通い続けてきたのは「長続きしている店だから」ということを強調しておきたい。

馴染みの店へは、ときに何十年も通うことになる。ところが、一代限りの店では、これが難しい。カリスマシェフのイタリアンなど、その人がいなくなればお仕舞だろう。身銭を切って30代からせっせと通って50代で消えているようでは、寂しすぎる。年をとって行き場がないのは寒々しいものだ。だから、簡単にはつぶれないような店、すなわち店主が代々続いている、あるいは地元に根付いている店を選ぶことをおすすめしたい。

かなり熱く語ってしまったが、何も私は津やまそのものに行けと言っているのではない。私だって職場近くで飲むこともあれば、3000円で事足りる居酒屋にも通っている。もう1軒通っていたマイクロソフト本社近くのスナックがつぶれた時の、ぽっかりと心に穴が開いたような寂しさは今でも思い出してしまう。

重要なのは、自宅や職場以外に「帰れる場所」を若い頃から作っておくということだ。それは飲み屋に限らず。阪神タイガースファンなら、甲子園ライトスタンドかもしれないし、登山が好きなら剣岳の山荘かもしれない。

多忙で職場と家庭の往復になってしまっているという人もいるだろう。毎日、終電に揺られ、仕事のストレスを抱えたまま妻の機嫌を取るのは思いのほか大変、ということに世のお父さん方は異議を唱えないはず。そんな時、好きな野球チームを必死に応援すれば、妻の機嫌取りなどちっぽけなものに思えるかもしれない。あるいは、仕事に行き詰っていれば、馴染みの女将との会話で、意外なビジネスヒントを得られるかもしれない。往々にして、雑談の中から仕事は生まれるものだ。

自分を取り戻し整える「帰れる場所」が家庭と職場を健全に保つ秘訣とも言えよう。長く通い続けるからこそ、その効果は安定してくるのだ。

◇ネタを仕入れる旅をする

旅とは何か。それを通じて何を得られるのか。私はその問いへの答えを持たない。旅と人生を哲学的に語ったものを読めばなるほどとは思うが、次の瞬間には、そんなことを考えながらの旅は楽しいのかという疑問が生じてくる。旅とは、面白ければそれで良い。旅の間もさることながら、帰宅後もその面白さを周囲に披露できれば、大成功だ。

若いころ私は、欧州の先進国へは行かなかった。パリやローマの街並みは、観光都市として何十年も保証されているからだ。１９９０年に訪れようが、２０１６年に訪れようが、ほとんど変化はない。ゆえに、年をとってから行けばいい。しかし世界を見渡すと、25年後には間違いなく変貌を遂げていそうな国がある。私にとっては内モンゴルやネパール、ベトナム、モロッコなどがかつてそうだった。そういうところへ出かけては、ビフォア・アフターのビフォアの混沌に身を置くのだ。

内モンゴルへは90年代に同僚2人と行った。現地の中国人ガイドに会ってみると、どうも信用ならない雰囲気がある。案の定、彼はモンゴル語が話せず、ガイドとして頼りないことこの上ない。結局、着いた〝宿〟は、普通の民家。ほかに宿を探そうにも、半径10キロ以内には建物がない。仕方なく客であるはずの我々がゲルと呼ばれるテントの設置を始める。日がすっかり暮れてようやくそれが組みあがると、ガイドは言った。

「で、明日はどこへ行くんですか？　このあたりには何があるんですか？」

まさかと思ったが、彼はモンゴル語の能力だけでなく、ツアーガイドとしての資質も持ち合わせていなかったのだ。数年後に思い出し、その彼に連絡してみると今度は「シルクロードはどうでしょう」と提案してくる。やればできるではないか、と気を取り直したのも束の間、「僕もシルクロードへは行ったことがないので、楽しみです」などと言う。これはいったいどういうことかと思ったが、私は彼から学んだ。旅とは、成り行きを楽しむものなのだと。

ネパールへは家族で行った。街でも移動中の車内でも、ずっと同じ民謡「レッサンフィリリ」が流れていた。明日は日本へ帰るという夜、外国人御用達の店へ食事に出かけた。すると、国民的演奏家らしき人物が登場しサーランギという弦楽器で、飽きるほど聞いてきたあの曲を奏で始めたのだ。幼いころ、バイオリンを習っていた私は、弦楽器でなら演奏の真似事ができる。彼から借りたサーランギで試すとなんと、そのメロディを弾けてしまった。私も驚いたが、演奏家がもっと驚いたのは言うまでもない。理解できない言語で「お前はこの曲が好きなのか、この楽器を愛しているのか」といったことを熱く問いかけてくる。その結果、私はサーランギを買い取ることになってしまった。

実は内モンゴルへ行った同僚とは今、シベリア鉄道に乗ろうと画策している。シベリア鉄道は食事が不味くサービスも乗り心地も良くない。風景も何日も変わらない。そこで1週間ぶっ続けでマージャンをするというプランを考えたのだ。無論、牌は持込み。しかしマージャンにはもう1人メンバーが必要だ。その1人が見つからないので、計画は棚上げになっている。

帰国後のエピソードとしてニューヨークで旨い物を食った、ミラノでオペラを観たといった話は嫌味になりがちだ。ただ、内モンゴルでゲルを組み立てたとかネパールで楽器を買わされたという話は、脚色しなくても、面白がってもらえる。

旅に出るのは、この手のネタを仕入れるためだ。旅行そのものを楽しむだけではないのだから、馬鹿馬鹿しいほど旅の価値は上がる。シベリア鉄道でのマージャンも、まだ諦めていない。

◇旅に日常を持ち込む

我が家には、穴が開く寸前の靴下と薄くなって地肌が透けて見えそうになったパンツの専用保管箱がある。満杯になってくると、それらを30年以上使っているゼロハリバートンのスーツケースに入れて旅に出る。旅先で最後のお勤めを果たした下着は、現地で御役御免となる。下着がなくなって空いたスペースには、お土産が入り込む。

パジャマも、着慣れたものを持っていき、旅の終わりに捨てるのが慣例だ。わざわざパジャマを持参するのに驚かれることもあるが、私にとっては必須の旅アイテム。ホテルの部屋にいる間は、ほとんどパジャマ姿で過ごす。そして、デスクには、持参した数冊の本と、湯沸かしセットと緑茶のティーバッグ。それらを並べることで、ホテルの部屋が自宅のように様変わりするのだ。

マイクロソフト時代、海外出張は多いときで年に30回を超えた。ひどいときは0泊2日機内泊という強行軍もあった。入国回数が多いからか、米マイクロソフト本社に近いシアトルの空港の入国審査官とは顔見知りになり「お帰り、今回は早かったね」などと声を掛けられるほどだった。とはいえ、アメリカは異国であり、来訪の目的はもちろん仕事。自室にいるときくらいはリラックスしたい。だからこそのパジャマであり、本であり日本茶セットなのだ。本はすべてを読まずに、お茶は全く飲まずに帰国することもあるが、無駄だと思ったことはない。旅先の部屋にそれらが存在することが、私にとっては重要なのだ。その名残で、今も旅となるとスーツケースにはサヨナラ寸前の下着と先の3点セットを真っ先に入れている。

もうひとつ、旅に欠かせないものがある。携帯用のウェットティッシュだ。旅先で長時間外にいると、手や顔が汚れるが、日本のように熱いおしぼりを出してくれる飲食店はほとんどないので、代わりになるものを持参するしかない。

私が持っていく「おしぼり」は銘柄が決まっている。王子ネピアの『おしりセレブ』だ。名前から明らかなように、これはトイレットペーパーとして使うウェットティッシュであり、顔を拭くために作られたものではない。しかし、アルコールが含まれていないので、顔がひりひりせず、非常に重宝する。

私は「おでかけ用10枚入り」を、口がしっかり閉じる袋に入れて持ち歩いている。つまり袋が二重。これは、顔を拭き終えたおしりセレブを、外側の袋に入れて持ち帰るためのささやかな工夫だ。なお、ゴミ用の外袋には『酒豪伝説』と印刷されている。悪酔いを防ぐサプリメントが入っていた袋を再利用しているのだ。食事の前に手と顔を浄めようと袋を取り出すと、周囲から「どれだけ飲むつもりなのか」と警戒される。ところが、そこから登場するのは、『おしりセレブ』。

逆に、旅に持っていかないものもある。ガイドブックだ。たいていの情報はインターネットで手に入れられるし、そもそも、自力での情報収集は不要なことが多い。私は現地でオプショナルツアーに参加するのが好きで、ホテルで適当に見繕ってもらって申し込んだら、ガイドの言うがままに身を任せる。特に行きたいところがあっ

て出かけているわけではないので、ツアーで十分だ。

案内をしてくれたガイドと気が合えば、食事を一緒にしながら話し込むこともある。つまり、やっていることはいつもと同じで、旅先だからと特別なことはしない。そこにいること自体が特別なのだから、それ以上、変化を求める必要はない。

だからこそ、旅の持ち物が、いつも通りに過ごすための日用品ばかりになるのは当然なのである。

◇ぼんやりする時間を確保する

昨今は、電車の中で本や雑誌を読む人が少なくなり、その代わりにスマートフォンでゲームをしている人が増えた。それが悪いことのようにも言われているが、ゲームによっては、脳にとってむしろいいことではないかと私は思っている。

先日、NHK Eテレの『サイエンスZERO』で、「〝ぼんやり〟に潜む謎の脳活動」という特集を放送していた。ボーッとして過ごす時間がいかに大切であるかを、科学的に示したもので、脳内には、ボーッとしているときにだけ特別なネットワークが構築され、それが人間活動に大きな影響を与えているといった内容だった。ボーッと草原で大の字になっているとき、温泉に浸かっているときなどに、心身共にリフレッシュしていると感じられるのは、そのせいなのかもしれない。私もかねてから、ぼんやりする時間を作ってきた。

とはいえ、ぼんやりするために草原へでかける時間を捻出したり、温泉を探したりするだけでも大仕事だ。なので、私はタブレットでゲームをしている。ゲームと言っても、一時期流行した脳をトレーニングするタイプのものでないことは言うまでもない。世界征服を企む敵と戦い続けたり、迷宮を探検し続けたりするために、プレーヤーとして成長し、さまざまな決めごとを覚え、戦略を練らなくてはならないような、複雑なゲームでもない。

かつては長時間拘束されるタイプのゲームに嵌り、起きている時間のほとんどすべてをつぎ込んだことのある私にとっても、最近のゲームの大半は複雑過ぎて、参戦しようとしてもどうやってゲーム内の自分の分身を動かして良いのかわからないことが多い。仮に始めたとしても、悶々としながらスタート地点に佇むことになるだろう。これでは脳は休まらない。この点、新版になってもそれほど難易度を上げない任天堂の『ゼルダの伝説』シリーズは素晴らしい。

将棋やオセロのように、コンピュータや対戦相手と真剣勝負をするようなものもしない。私はビジネスを対戦型ゲームだと思っているので、実際に対戦型ゲームを始めたらつい本気になってしまって、間違いなくぼんやりできないはずだ。

そこで私が移動中や待ち時間にするのは、まず、『Hidden Object Games』と呼ばれるジャンルのゲームだ。中でも、一枚の大きなイラストの中に潜んでいるアイテムを探すタイプが好ましい。樹木のシルエットの中に隠されている動物を探すゲームを思い出す人もいるかもしれないが、あれよりずっと単純だ。というのも、画面には何が隠れているか、文字でヒントが出るからだ。文字を見ると反射的に指が動く。

こう書いていると何が楽しいのかと思われるかもしれないが、予定調和に身を任せるのは思いの外、快適だ。実に気分良くぼんやりできる。

何もしない、ぼんやりできる時間を作るのは案外難しい。私はゲームというツールを用いることでそれを確保している。いろいろなものに追われる現代日本では、せめて電車の中でくらいは、ぼんやりするためにゲームをしても良いのではないか。私がゲームをするのもたいてい移動中である。飽きたら、ボーッとするための新しいゲームを懸命に探す。ぼんやりするため、この程度の手間は惜しんではならない。

◇旅はエックスデイの前を狙う

私は相変わらず、旅では常にビフォア・アフターのビフォアを見に行こうと思っている。最近ではキューバ旅行であった。

アメリカとの国交正常化交渉が報じられたキューバの街中は、クラシックカーの宝庫だ。街のあちこちに展示されているという意味ではなく、1950年代製のフォードやクライスラー、キャデラックやシボレーの車が、今も現役で道路を走っている。その理由はきわめてシンプルだ。59年のキューバ革命を機に、アメリカの経済制裁が始まり、キューバ政府は革命以前から国内にあった自動車以外の売買を禁止したのだ。

それが、カストロが85歳になった2011年に解禁され、ハバナの街にはみるみる新車が増えているという。しばらくするとキューバの自動車事情は、ほかの国と大差がなくなってしまうだろう。そうなる前に、この目に焼き付けておきたい。それがキューバ行きを決めた理由だ。

過去にも何度か、私はビフォアを見ている。たとえば、20年ほど前に訪れたエジプトがそうだ。真っ青な空、乾ききった砂漠、そこにそびえるピラミッドとスフィンクスは、私のイメージするエジプトそのものだった。ところが、アラブの春でムバラク大統領が失脚した後の首都カイロは、北京と肩を並べるほどの大気汚染に悩まされていて、絵はがきのような風景を楽しめる状況ではなくなった。遺跡の街ルクソールも同様だ。

30年近く前のベトナム・ホーチミンシティでは、ホテルの窓から見下ろせる通りを、白いアオザイを着た女子高校生たちが自転車で通学する様子が、映画のワンシーンのように見え、あのアオザイとはこんなに美しい街だったのかとハッとさせられた。ところが、最近旅行した人の話によると、アオザイを着た女性の姿は、ベトナム料理店以外では見つけられなかったそうだ。

中国・新疆ウイグル自治区のカシュガルは、シルクロードの要衝であることが頷ける、イスラムらしい佇まいの魅力的な街だった。今、そこを再訪するのは難しい。政府への反発、また、民族間の闘争などで、安心して観光できる街ではなくなってしまったからだ。この街については、ビフォア・アフターのさらにアフターをこの目で確かめられる日が来ればと思っている。

当然、ビフォア・アフターを隔てるエックスデイには、いつ訪れるかわからないものと、ある程度予想がつくものがある。また、そのエックスデイを境に環境ががらりと変わる場合と、時間をかけて変わるケースとがある。これからのキューバは、予測できる期間内に、突然大きく変化するだろう。それは、スターリンの死後のソ連、毛沢東亡き後の中国のような変化に似ている。独裁者を頂いている国や組織の宿命なのだ。

一方で、ゆっくりと、しかし劇的な変化をするであろう土地もある。私は、ブラジルのパリンティンスがそれに該当すると思っている。

パリンティンスは、アマゾン川流域にある街だ。写真で見る限りでは、緑豊かで建造物も実にカラフル。人口は10万人ほどだという。その街では毎年夏に、アマゾンで最大とされる祭り〝ボイブンバ〟が、三日三晩、開催される。世界最大のオペラとも称されるその祭

りでは、地元の人も観光客も一体となって盛り上がるそうだ。ブラジルと言えばリオのカーニバルが有名だが、ボイブンバはそれに勝るとも劣らない、情熱的な祭りだという。

ブラジルもまさに変動の只中にあり、どれだけ伝統的な祭りであっても、いつまでも続く保証はない。これも私が今後注目するビフォアのひとつだ。

◇だからキューバに行った

車好きにとってキューバは、ゲバラの国でもカストロの国でも葉巻の国でもなく、クラシックカーの国となっている。車といえばそれ以前に輸入されたものばかりで、その時代のクラシックカーが今も現役で街中を走り回っているというのである。ただ私は「走り回っている」という表現は大げさだろうと思っていた。

しかし、2015年2月に訪れた首都ハバナでは、クラシックカーが縦横無尽に疾走していた。T型フォードこそ見かけなかったものの、古いシボレーもビュイックもキャデラックも健在で、目の前を通り過ぎる10台のうち6、7台はビンテージ。十分に手入れされているものもあれば、よくこの状態で走れるなと感心するものもあった。何事も行ってみないとわからないものだ。

行ってわかったことはほかにもあった。空気である。古い車が多いせいだろう、ハバナの街は排ガスで満ちていた。空気の悪さは、気温と湿度が高いとますます酷くなる。PM2・5に煙る北京の方がまだましに感じられた。ホテルでは、閉め切ったつもりでも汚染された空気が隙間だらけの窓から部屋に入り込み、夜はマスクをして寝ざるを得なかった。

現地で知り合ったドイツ人観光客は、私が宿泊したような旧市街にあるコロニアル様式のホテルではなく、新市街にある新しい高層ホテルに泊まっていて、室内の空気は上々だと言っていた。これからハバナへ行く予定のある方には、最新のホテルをおすすめしたい。

空気中の汚染物質は濃かったが、一方で食べ物の味は薄く感じられた。果汁100%のはずのフルーツジュースは、水で割ったかのような味わい。しかし、果物そのものを食べてもやはり味が薄いので、私が飲んだのは100%で間違いなさそうである。肉も卵もおしなべて淡白。観光客用のものがこれだけ薄いのなら、現地の人が食べているものに味はあるのだろうかと疑問に感じるほどだった。おそらく、品種や肥料の影響だろうと思う。

そのキューバが2015年1月、アメリカとの国交正常化に向けた交渉を始め、同年7月に国交を回復させることで合意。ハバナの街はがらりと変わるに違いない。

訪問時、ハバナで日本人観光客の姿はほとんど見られなかった。レストランの客引きから「こんにちは」「社長」などと声をかけられることはない。日本人以上に中国人もいない。だから「ニイハオ」とも挨拶されなかった。今となっては貴重な観光都市である。現地のガイドの話によると、キューバへの観光客で多いのは、キューバ出身のアメリカ人を除くと、カナダ人、フランス人、ドイツ人。それに次いで日本人が多く、年間3000人ほどだそうだ。

アメリカとの国交が回復した今後は、このランキングにアメリカ人が入り込むのは間違いない。日本人や中国人の観光客も増えるはずで、そのとき我々は街中でなんと声をかけられるのだろうか。ただ、以下の変化は確実に起こる。いや、すでに変わりつつあるかもしれない。

まず、ハバナの街からクラシックカーの数が減る。ハバナ市民が競って新車を手に入れるから、ではなくて、世界中のクラシックカー愛好家が我先にと買いに走るからだ。価格によっては、私も購入を検討したい。こうなると、ハバナの街の独特の雰囲気が失われるが、それと引き換えに、空気は良くなる。

次いで食べ物の味が変わるだろう。肥料が良くなり、改良された品種が普及すれば、フルーツジュースも美味しくなるかもしれない。

そう変化する前のキューバを実感するなら、早い方がいい。ぜひ出掛けてみてはどうだろうか。その際はマスクをお忘れなきよう。

◇旅では優先順位をつける

パソコンが今ほど普及しておらず、パソコンへの敵愾心を抱いている人が一定数いた頃、やれインストールだアップデートだソフトウェアだモデムだと、アルファベットとカタカナばかりで怪しからぬ、こんなことでは、どうせ日本では普及しまいという指摘をいただいたことがある。

マイクロソフトにいた私はそこで控えめに、しかしその理屈が正しければ、ハンドル、エンジン、ウインカーなどカタカナだらけの自動車は普及し得なかったのではないですかと申し上げたところ、その手の批判は一切なくなった。つまりその批判者は、自分には理解できず使えそうにないものが流行ることが恐ろしかっただけなのであろう。

しかし、新しい言葉には新しい言葉なりの問題が確かにある。それはわかりにくいことではなく、新陳代謝が激しいことだ。ＩＴの世界ではそれが特に顕著であり、パソコンも今や古い部類の言葉で、最近の若い人はＰＣという。若人はパソコン以前に、それがマイコンと呼ばれていたことなど知るよしもないし、そのうち、ＰＣが何の略であるかもわからなくなるに違いない。

ハードウェアに対してソフトウェアと呼ばれていたものも今、大抵はアプリと呼ばれ、モデムはその役目をほぼ終えている。通信のプロトコルを意識することもなくなったため、ＴＣＰ／ＩＰと言われても、その意味がわからない人がほとんどだ。いい悪いを言っているのではない。言葉とはそういうものだし、懐かしむとはこういうことだと言いたいのだ。

無線LANという言い方もあまり聞かれなくなり、今や老いも若きも当たり前のようにWi-Fiと書いてワイファイと発音している。これはかつては専門用語扱いだった。

無線LANがWi-Fiに置き換わったのは、パソコンやスマートフォンを、外出先の店や交通機関が提供するWi-Fiに接続して利用できるようになった頃だったと思う。当時はそれが珍しかったが、今やWi-Fiのないホテルや駅、空港は考えられなくなっている。ありそうなのにその設備がないと聞くとがっかりする。経営者にそのセンスを問いたくなるくらいだ。

私自身も、出先でWi-Fiをよく使う。空港では特に重宝する。しかし、頭の固そうな組織が提供しているWi-Fiには、自分の端末は接続しない。得てしてそういう組織のネットワークは無防備で、一度つなぐと後で大変なことになりがちだからだ。

旅行には超小型のWi-Fiルーターを持っていく。これは、ホテルの部屋まで来ているインターネット回線を無線化するもので、これがあるとパソコンもスマホもタブレットも、ケーブルレスで使えて非常に便利である。また、旅にはHDMIケーブルも持参する。これでパソコンとテレビを接続すれば、パソコンに入っている動画を

テレビで鑑賞することができるからだ。海外旅行先のホテルで古今亭志ん朝の落語を見るのもなかなかいいものだ。

ところがホテルの中には、部屋でインターネットが使えず、テレビがあったとしてもHDMI入力端子を備えていないところもある。これでは、せっかくルーターやケーブルを持っていっても宝の持ち腐れだ。だからといって、インターネット回線やテレビの端子の有無がホテル選びの基準になるかというと、そうはならない。IT環境が整っていないが格式高く由緒あるホテルと、ITには強いがそれ以外がいまひとつのホテルなら、間違いなく前者を選ぶ。出張ならいざ知らず、ネットを使ったり動画を見たりするために旅をするのではないから当然だ。Wi-Fiの有無など気にならないホテルが見つかれば、その旅は大成功だ。

◇ハコモノよりソフトに投資をする

突然だが、私はパレードが好きだ。子供の頃に鼓笛隊で小太鼓を叩いて参加した経験があるが、今、好きなのは見る方である。遠くから何かが近付いてくるのを待つワクワク感、ようやく目の前にやってきたものの放つ独特の魅力に心をわしづかみにされる感覚、通り過ぎた後のえもいわれぬ幸福感と寂寥感、どれをとってもパレードでしか味わえないものだ。

阿波踊りやおわら風の盆のような、踊りを披露するタイプのパレードも良いのだが、私がとりわけ好きなのは、制服を来た人々と、華やいだ馬や車の列が連なる伝統と規律のあるものだ。その代表例が、ロンドン市長の就任パレードである。ロンドンには、大ロンドン市長とロンドン市長がいるが、行政を司るのは、選挙で選ばれる大ロンドン市長で、ロンドン五輪の開催中に宙づりになったのはこの市長の方だ。ではロンドン市長とは何かというと、名誉職で任期は11月から翌年10月末までの1年。就任時には、大がかりなパレード『ロード・メイヤーズ・ショー』を行うことが恒例となっている。新ロンドン市長が金色に輝く豪華絢爛な馬車に乗ってロンドン中心部で顔見せをする様は、ＢＢＣなどで放送されるので、ご覧になった方もいるだろう。

所要時間が3時間を超えるというこのパレードには、ロンドン市長だけでなく、騎馬隊、歩兵、マーチングバンドなど約６０００人と、それに匹敵する数の馬が連なり、全長は5キロを超えるとも言われる。ロンドン市民だけでなく、観光客も多く集まる人気イベントだ。

一糸乱れぬ様では、中国の軍事パレードも迫力がある。節目の年に開催されるこのパレードは、最近では、２００９年に建国60周年を記念したものが催された。その様子がなんと、中国が国内での視聴を制限しているＹｏｕＴｕｂｅにアップされている。これは中国中央電視台（ＣＣＴＶ）が生中継した映像で、パレードそのものもさることながら、構図やカット割りも素晴らしい。私は決して中国政府と軍を支持するものではなく、むしろ快く思っていない方だが、このパレードに関しては舌を巻かざるを得ない。あまりの整然とした様子に、張り子の虎という感じもあるのだが、それはそれで見どころ満載だ。

毎年正月にカリフォルニア州パサデナで開催されるローズ・パレードも、一度は現地で見てみたい。花で飾られた山車《だし》が目を引くこの催しには、日本の高校の吹奏楽部が参加したこともある。パレードが好きなのは、私だけではないだろう。だからこそ、プロ野球チームの優勝を記念したものや、五輪選手の凱旋パレードには、多くの人が集まるのだと思う。ロンドン五輪の銀座での凱旋パレードには、実に50万人もの人が押し寄せた。みんなパレードが好きなのだ。だから日本でももっとあっていい。

日本でパレードを恒例行事とし成功させている街といって真っ先に思い浮かぶのは、山鉾巡行と時代祭のある京都だ。しかし、ほかの大都市も、広い道路というインフラをすでに持っているのだから、新たに競技場や美術館を造るくらいなら、パレードというソフトへの投資をして町おこしをすべきではないか。市民マラソン大会は、もはや飽和状態である。どうせ交通規制をするなら、マラソンではなくてパレードという選択をする自治体が出てきてもいいはずだ。

大阪の道頓堀にプールを作る計画は頓挫したが、それよりも、御堂筋で華やかかつ荘厳なパレードを開催したほうがいい。少なくとも私は、ここでこう書いた手前もあり、絶対に見に行く。そしてたこ焼きや串カツを食べ、大阪経済に多少の貢献をするだろう。

それでは出発しましょう
なんの行列だか
わかんないよ?

◇天ぷらを愛している！

本書連載時のタイトルは「逆張りの思考」であり、食べ物の好みは人それぞれであることを、最初にお断りしておく。

海外での日本食人気は留まるところを知らない。スシやテリヤキはすでに多くの国で市民権を得ており、ニューヨークやパリでもラーメンが人気だという。そういった話を聞くと、私はスシやテリヤキやラーメンばかりが日本食ではないと声を大にして言いたくなる。このうち特にスシは、何か勘違いをしているのではないかと思う。

スシはいつから今のようにお偉い存在になったのか。スシ職人もその過度な重みを背負い込み思い詰めているからか、カウンターに座っている我々を見て、「よそ見をするな」「順序を守って早く食え」「飲み過ぎることなく金を使え」と念を送っているように見える。スシを握るどころかスシに掌握されてしまっているようで、店の中には独特の緊張感が漂っている、などと思えてくる。リラックスできない。にもかかわらず、客も客で、それをよしとしている節がある。かしこまって食べるスシは本当に旨いであろうか。私などはどんなに旨いスシ屋があると聞いても、あの雰囲気を想像しただけで足が遠のいてしまう。

そもそも、スシはいいネタが手に入れば、家庭でも模倣できる。真似できないのは、赤身のヅケ、白身の昆布締め、アワビの酒蒸しといった「仕事」をしたネタなどで、後はそこそこプロの味に近付けることができるのではないか。

その一方で、素人の努力では、店で出される味に遥か遠く及ばない食べ物がある。天ぷらだ。天ぷらの魅力はまず、スシを上回って余りあるご馳走感にある。天ぷらという言葉を聞くだけで、胸が高鳴り唾が湧いてきて、ごま油の香りが鼻先をかすめていき、腹の虫が合唱を始める。

メニューを見れば、悩ましい。お任せで揚げてもらうのもいいし、甘辛いタレが白米を染めるほどたっぷりな天丼も捨てがたい。私はどちらかというと天丼派だが、季節を感じたいときは断然、お任せだ。春ならふきのとうやタケノコ、夏ならシソやミョウガ、秋は茄子やキノコ類、冬は春菊や蓮根と、旬の野菜のもたらす滋養と日本に生まれた喜びを味わうのだ。

揚げの技術も見事としか言いようがない。フライとも素揚げとも違い、ほどよく衣をまとったかき揚げ、プリッとしたエビやふんわりした白身魚、みずみずしさを残した野菜。どれをとっても芸術的で、家庭でどんなに頑張ってみても、とても真似できない。

さらには、天ぷら職人の飄々とした佇まいも好ましい。黙々と揚げながらこちらのことも気にしているのだが、「すぐに食え」とい

天ぷらを自分で作るのは難しい。

う威圧感は皆無で「そろそろ次を出していいでしょうか」という控えめな気遣いが感じられ、嬉しい。

こんなに素晴らしい天ぷらが、なぜスシに押され、存在感が薄いままでいることをよしとしているのか、私には理解できない。しかし、天ぷらファンとしては、天ぷらここにありと大音声で名乗りを上げてほしいわけではなく、むしろ、ひっそりとしたままでいてもらいたい。そして、天ぷら職人はその良さをわかっている我々にだけ、変わらず良い味とサービスをもたらしてくれれば幸いだ。

仮に天ぷらこそが世に名をとどろかすほどの日本食になる日が来たら、私の性格からして、天ぷらに背を向けて、熱心にスシ屋に通い始めるに決まっている。その悲喜劇を阻止するためにも、何としても今のまま、ブームに乗った人々には、ぜひスシを堪能し続けてもらいたい次第。ただし、私もトロとウニだけは、揚げずにスシでいただきたい。

◇天ぷらを決めるのは技術である

私は洋食派である。何料理が一番好きかと聞かれたら、フレンチと答える。次はイタリアンだ。それでも、週に1、2回はなんとしても日本食中の日本食、卵かけご飯やアジの開きが欲しくなる。

海外へ旅行に行くときも、トーストにオムレツ、オレンジジュースにコーヒーの朝食があまりに続くと飽きるので、トランクには必ず、三種の和食を忍ばせている。そのひとつが、日本が生んだ携帯食、日清のカップヌードル（ミニサイズ）であり、理研ビタミンのわかめスープであり、永谷園のわさび茶づけである。わさび茶づけはスープとして食する。わさびのツンとした風味は、ほかでは得られないアクセントとなる。

だから私には、海外暮らしは無理である。どれだけその街においしいと評判の日本食レストランがあったとしても、カップヌードルとわかめスープとわさび茶づけをたんまり持ち込んでも、卵かけご飯用の新鮮な卵や、おいしいアジの開きが手に入らないとアウトだ。

人生において、家でのちょっとした食事に困るのは悲劇と言っていいだろう。とりわけ私は、世界で一番、自宅が好きなので、食事も家でとることが多い。そこで食べるものがままならないと、なんのために生きているのか分からなくなってしまう。

こんな性分なので、外での食事に無駄に大金をかけるくらいなら、そのお金で食材を買って、家で食べる方がいい。時々、若い人が無理をして大枚をはたいて高級店へ出かけていきステーキやしゃぶしゃぶを食べたなどという話を聞くと、そのお金でいい肉を買って家で食べた方がよほど幸せなのではないかと言いたくなってしまう。

それが肉に限らないのは言うまでもない。デパートの地下にある鮮魚売り場なども、お高い寿司屋に行ったつもりになって歩いてみると、高級食材と呼ばれるものですら、驚くほど安く見える。そこで見繕って買った好きな魚を使ってつくる海鮮丼は実に美味であり、大いなる満足感を与えてくれる。

では、私がわざわざ玄関を出てまで食べたいものとは何かというと、家ではできない料理であり、その代表格が天ぷらなのである。すでに触れたが、私が天ぷらを愛するのは、その技術を家では再現できないからだ。

先日私は、そこそこ名の知れたある天ぷらの店へ初めて行った。行き慣れた別の店へ行くつもりが予約が取れず、その有名店を思い出したのである。

案内された席につきカウンターの中を覗いてみると、ほかの天ぷら店では見たことのない光景がそこにあった。職人が、天ぷらの衣となる粉の入ったボウルの中身を泡立て器でかき混ぜているのである。なんと簡単な準備だろう、これなら家でも真似できるのではないか、ついに家でも天ぷらが可能になるのかと期待に胸が高鳴ったが、それは私の誤解であった。

私はその日、世の中にはおいしいと言えない天ぷらもあることを知った。その店の天ぷらがそうであった。カラッともサクッともしていない、天ぷらとフリットの中間のようなぺたりとしたその揚げ物を前に、天ぷらの味を決めるのは、素材もさることながら技術だ

と確信した。

私をがっかりさせたこの天ぷら店も、昔はおそらく、相対的に高い技術を持っていたのだろう。しかし今や、完全に周回遅れになってしまっている。しかも、その店は量も多かった。あともう少し食べたいなと思うところで切り上げる楽しみも味わえなかった。

ことほどさように、食事の満足度は味以外の部分にも大きく左右されるのである。

◇TKGを究める

卵といえば生卵、生卵といえば卵かけご飯だ。この素晴らしきファストフードにはTKGという略称が定着しつつあるが、どんな卵かけご飯をベスト・オブ・TKGとするかは、人によって異なるようだ。

たとえば、人間国宝の十代目柳家小三治師匠はかつて、卵かけご飯をおいしく食べるコツは、かき混ぜすぎないことだと噺の中で言っていた。もっとも、幼い頃は、家族全員で一つの生卵を分け合って卵かけご飯にしていたため、混ぜて混ぜて粘性がなくなってさらさらになるまで混ぜてから、おのおのの茶碗に盛られたご飯の上に卵液を等分していたそうだ。

大人になって生卵に不自由しなくなって、親戚から本当においしい卵かけご飯の食べ方を知らされたという。それが、卵黄も卵白もご飯も醬油も混ぜすぎない、ラフな卵かけご飯。過度な攪拌をしないことで、一口目は卵黄とご飯、二口目は卵白と醬油とご飯、三口目は卵黄と醬油とご飯といった具合に、味のバリエーションを楽しめる。これこそがおいしい卵かけご飯の食べ方だというのである。

私は小三治師匠の落語を大いに愛する者だが、この点はどうしても賛同できない。マイ・ベスト・ＴＫＧは、小三治師匠の幼い頃のＴＫＧとも、大人になってからのＴＫＧとも異なるものである。

私の卵かけご飯をつくる過程は、茶碗にほどよくご飯をよそうところから始まる。ご飯は電気釜で炊いても土鍋で炊いても結構だ。銘柄の指定は特にない。あえていうなら、サトウ食品のサトウのごはん（１５０グラム）が良い。温めすぎず、適度に電子レンジで加熱したら、それをいつものご飯茶碗に移す。

次に登場するのは生卵。普通に売られている卵なら、ブランドにはこだわらない。そのうち白身の部分だけをご飯の上に流し込み、そして箸でかき混ぜる。ふわふわと泡立つまで根気よく作業を続ける。白いひも状のカラザを取るか取らないかは取るに足らない話である。私のＴＫＧ道に奥義があるとするなら、メレンゲ状にすることを決して怠らないことである。

ご飯と卵白がしっかり混ざって均一に細かな泡を含ませることができたなら、そこにひとつかみの花鰹を散らす。量は好みで調整する。銘柄は問わない。

そこへついに黄身を乗せる。ここで崩してしまっては元も子もないし悔やんでも悔やみきれない。くれぐれも慎重に、そろそろと。この時点で茶碗の中の小宇宙は半ば完成している。

しかし、画竜点睛を欠く。満を持して醬油に登場いただこう。量はお好みでよいのだが、この醬油は何がなんでも燻製醬油であるべきだ。勘違いしないでいただきたいのだが、卵かけご飯の主役は、ご飯や卵ではなく、醬油である。華やかなＴＫＧ舞台の主演である醬油は薫り高き燻製醬油でなければならない。これまで普通の醬油を使ってきた人は、一度でいいから燻製醬油を試してほしい。過去を悔やみたくなること請け合いである。

ここまで来たら、利き手にスプーン、逆の手に茶碗で準備万端。ためらうことなくスプーンで黄身を割り崩しながら一心不乱に食べ進む。しっかりと絡み合った米と白身に、黄身のコクが加わったなまめかしさ、そして丸みを帯びた塩気を舌が感じたかと思うと、ベーコンを彷彿とさせるスモーキーな香りが鼻腔を駆け抜ける。こうなるとゆっくり味わいたいという気持ちとは裏腹に、スプーンを操る手は止まらない。

私はこれを、自宅に人を招いた際の締めに提供することが多い。ＴＫＧは一人でさっと食べるのも良いが、親しい人と和気藹々と食べるのも良い。小三治師匠にもぜひ試してほしい。

◇定番の味を求め続ける

１００年以上続く、老舗と呼ばれる企業が日本ほど多く存在する国もないという。その長寿企業には建設会社や旅館が多いが、酒蔵や和菓子屋も目立つ。専門家が分析すればそれなりの理由があるのだろうが、私は、日本人が安定した定番の味を求めることが、食品関係の企業が長く続いている原因ではないかと思う。

その定番を愛する日本人のひとりである私は、当然のことながら、弁当にも定番を求める。

東銀座の歌舞伎座へ歌舞伎見物に行くときは、銀座三越の地下２階で１８７１年創業の柿安が作る『黒毛和牛　牛めし』を買い求める。歌舞伎座の昼の部は11時からなので、それに間に合わせるには、開店の10時30分に三越に飛び込んであわてて買い求め、小走りで歌舞伎座に向かうことになるが、それだけの価値がある。牛めしでなければ、１８５０年にそれまで営んでいた食事処を畳んで折り詰め専門となった弁松の弁当でも良い。歌舞伎座の向かいにある店舗で買えるのもありがたい。

どちらも、幕間に席で使うのにほどよい量だし、多めに買い求めて家に持ち帰るのもいい。甘辛い味付けには、実にビールが合うのだ。したがって、歌舞伎見物のときだけでなく、デパ地下で見かける度に買っている。

新幹線に乗るときは、崎陽軒の『シウマイ弁当』か、品川駅で売っている『品川貝づくし』のいずれかと相場が決まっている。どちらも売り切れていたら、いくら空腹であっても、何も買わないほうがいいとすら思うほどだ。醬油入れが愛らしいシウマイ弁当については、いまさら解説は不要だろうが、貝づくしは、新定番と呼ぶにふさわしい存在なので、未体験者にはぜひ試してほしい。茶飯の上に、しっかりと味の付いたあさりやしじみ、はまぐりと、貝柱、焼きホタテがびっしりと敷き詰められているのだ。私はカニやサーモン、いくらなどの魚介の類は弁当に合わないと常々思ってきたが、この貝づくしは例外だ。味も大きさも異なる貝が同時に味わえる、960円という価格以上に贅沢な弁当だ。東京駅でも一部の店舗で買える。

魚介で例外と言えば、もう一つ、北海道の『いかめし』を外すわけには行かない。おそらく、食通よりも鉄道マニアのほうが詳しいこの弁当には、小ぶりのイカに米を詰めて炊いたものが二つ入っている。650円のこれはかつて、JR函館本線の森駅でしか買えない駅弁であった。周辺に著名な観光名所があるわけでもない森駅の知名度を上げたのは、このいかめしにほかならない。今や全国の北海道物産展では常連だ。

旅先で買う弁当も、当然、いつも決まったものである。京都駅で買うのは新幹線上りホームにあるパークコーヒーという店のミックスサンド。京都の友人がみなこれを絶賛しているので食べてみたところ、以来、すっかり定番となった。名古屋駅の新幹線上りホームにも同じ店がある。

いつも同じ弁当を食べるのはなぜなのか。それは、答え合わせをするためである。記憶の中にわずかに残っている味を頭の中でよみがえらせ、そして、それと寸分違わない味が口の中で再現されることに、何ものにも代えがたい喜びを感じる。

そうしながら、どこかいつもと違っているところはないかと探る楽しみもある。それはお新香が沢庵からしば漬けに変わることかもしれないし、醤油の変化かもしれない。老舗とてその長い歴史の中で、時代に即し、たゆまず少しずつ進化している。その変化はごく僅かなのだが、だから見つけられると面白い。これが、定番の弁当における最高の楽しみだ。

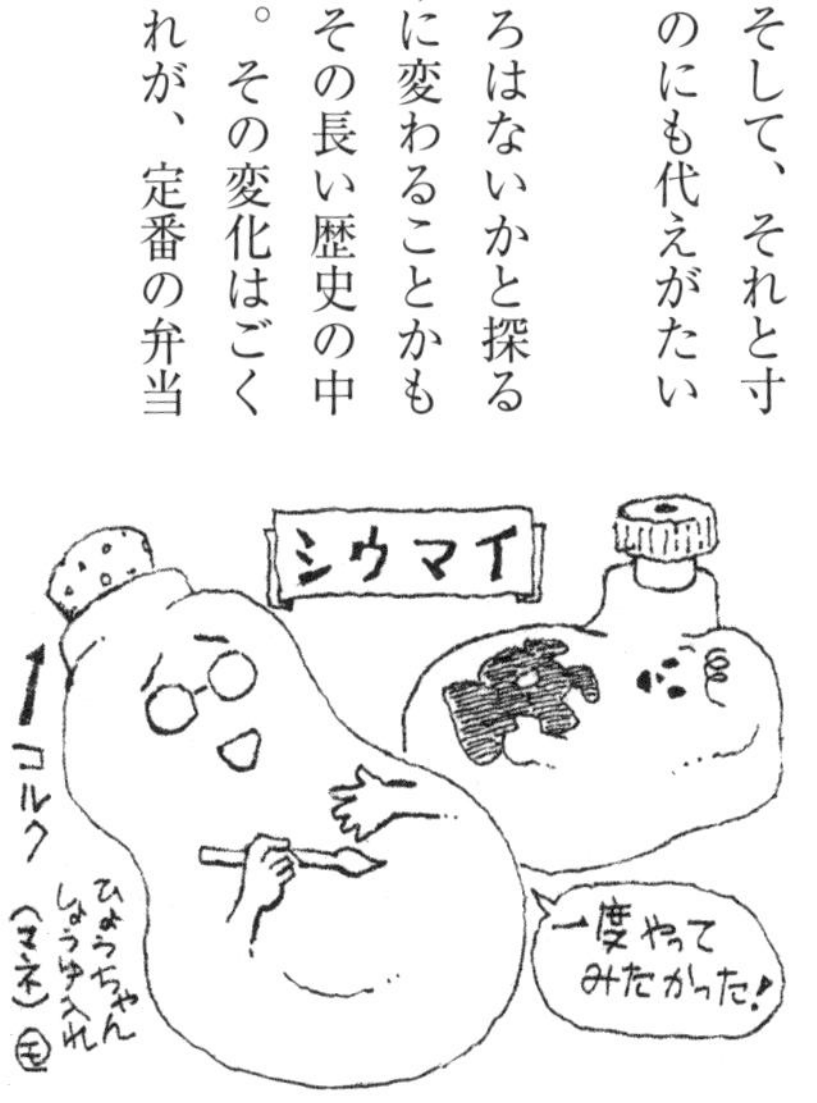

◇「テレビ見ない自慢」を裏切る

なぜか人は睡眠時間の短さと不摂生を自慢したがるが、テレビを見ないこともそれに含まれつつあるようだ。家にテレビがないこと、あったとしても見ないことを得意気に話す人がいる。このところ、その「テレビ見ない自慢」が増えているように感じていたのだが、データがそれを裏付けた。

2015年にNHKが発表した調査結果によると、過去5年間で1日当たりの視聴時間が2時間以下の人が増え、4時間以上の人が減り、全体の傾向として初めて、視聴時間が短くなったそうだ。このニュースを聞いて、私はますますテレビを見ようと決めた。

私はかなりテレビを見ている。必ず録画する番組が1週間に46本あるので、1日あたり7本弱見ていることになる。リアルタイムで見ることは少なく、録画したものを後でまとめて見るので、一日中テレビを見ていることもある。ただし、ここにドラマと大手芸能事務所所属のお笑いタレントが居並ぶ類の番組は一切含まない。それ以外の新番組は一通りチェックし、面白そうなら続けて録画する。すると残るのは、ニュース・サイエンス・情報・教養系の、とはいえ肩の凝らない番組ばかりである。

『国際報道2016』（NHK BS1）と『サイエンスZERO』（NHK Eテレ）は、できるだけリアルタイムで見るようにしている。『夢織人』（BSジャパン）にはビジネスのヒントが詰まっているし、『世界水紀行』（BS日テレ）からは、旅気分を楽しみながら海と川が文化や経済に大きな影響を与えていることが学べ、『昭和偉人伝』（BS朝日）では豪傑たちの知られざるエピソードを垣間見ることができる。事件事故のサイドストーリーを取材した『アナザーストーリーズ』（NHK BSプレミアム）も見ていると引き込まれる。

『英国一家、日本を食べる』（NHK総合）は原作の本も面白かったが、アニメーションになったことで味わいが深くなった。タモリ氏の教養が炸裂する『ブラタモリ』（NHK総合）は欠かせない。柔らかいところでは、『コロッケ千夜一夜』（BS日テレ）が楽しいし、中井貴一氏のナレーションが絶妙の『サラメシ』（ＮＨＫ総合）は食欲を大いに刺激するので、夜中には見ないことにしている。

こういった番組を見る理由は単純で、そこが情報の宝庫だからだ。テレビはネットにはない驚きをもたらしてくれる。たとえば、最近ＨＢの鉛筆が売れない理由や、海外の数学者たちがある日本のメーカーのチョークを買い占めに走った理由などを、ご存じだろうか。これらはすでにＮＨＫの『所さん！大変ですよ』で放送されたのでネットで後追いの記事が出ていると思うが、大抵の人はこの番組を見るまで、その理由はもちろんのこと、ＨＢの鉛筆が売れないとか数学者がチョークを買い占めたとかいった事実すら知らなかったはずだ。もちろん私もそのうちのひとり。テレビの取材力、そして、わかりやすく伝える力は侮れない。

残念なのは、せっかくの優良番組も録画を逃すとなかなか再放送されず、ネットでも公開されないことだが、この点は、政府が２次利用をしやすくする目的で著作権法を改正する方向へ動き出しているようなので、テレビ好きとしては、かつての名番組『新日本紀行』（ＮＨＫ総合）すべてを再び見られるその日を楽しみに待ちたいと思う。

よく、テレビは大衆的な娯楽だ、などと言われる。確かに大衆向

けの番組もあるのだが、しかし、良くできた番組すら見ないのは大衆の足元にも及ばない、ただのアホである。ネットに没頭し「テレビ見ない自慢」を書き込む時間があるくらいなら、良質なテレビ番組を見た方がずっといい。

4 「本物」を手に入れるための方法

◇費用対効果の高い接待をする

ビジネスマンは日頃、接待のやり方に頭を悩ませているに違いない。接待は回数ではない。年に一度でもいい。最も重要なのは相手にとって忘れられないような経験をしてもらうことだ。それが強烈であればあるほど記憶は薄れないし、1回でも「伝説のような接待だった」と、相手先に言ってもらえれば大成功なのだ。私の勤めていたマイクロソフトは外資系ゆえ、日本企業的な接待とは無縁の会社に見える。しかし、いつもそのイメージを利用させてもらっていた。

マイクロソフトにいた頃、全国のパソコン販売店の経営者など300人近くを集め、仙台のホテルで泊まりがけの大宴会を催したことがある。参加者はみな「懐かしい」と喜んでくれた。その接待スタイルは、松下幸之助が築いたものだったからだ。

松下は、静岡・伊東のハトヤホテルを借り切って、自らは大宴会場の下座に席を取り、全国のナショナルショップの経営者をもてなしたという。彼らは参加する度、松下の身内のようにもてなされる喜びを味わった。

これは素晴らしい！　と早速、私も実践してみた。新興の外資系企業に老舗のスタイルを取り入れたわけだが、案の定、参加者の記憶に深く刻まれたようだった。予算は1人あたり、せいぜい数万円。費用対効果の高い接待である。

一方、取引先の幹部を個別に接待するときは、より強烈な印象を与えるべく、廻る店とその順番を決めていた。夜11時から翌朝4時まで、最低でも4軒をハシゴするのである。1軒目は普通の料理店。場所はどこでもいい、どんなに味が良くても後になれば記憶から消えている。

本気を出すのは二次会からだ。都内屈指の繁華街にある隠れ家的なバーに行くことが多かった。といっても、そこは普通のお店ではなく、なぜか、女性が舞台でダンスをするという仕掛けがあった。もちろん、踊り子に話しかけたり触れたりはできないのだが、非日常感は満点。周りの客には、外資系投資銀行員などのほか怪しい連中もいて、中高年に人気の大御所ミュージシャンも見かけたことがある。典型的な日本企業のお偉いさんはまずいない。

3軒目は有名オカマバー。当時は4階にあったその店に入るために、1階から階段に列をなすという人気店だ。しかし私は、従業員専用の部屋にちゃっかりと指定席を確保していたので並ぶ必要がない。

そして、4軒目は吉野家が定番だった。これもまた、大企業のエリートにとっては非日常的な場所だろう。カウンターに並んで注文するのは、牛丼と生卵、そしてスプーン。卵を牛丼に掛けてふんわりするまでよくかき混ぜ、肉入り卵かけご飯にしてから、スプーンで一気に掻き込む。丼を空にしたところで、接待は完了である。ここまでで朝になっている。先方が会社に戻ってから「あの人の接待はすごい」と周囲に話すので、取引関係のない人からも「一度連れていってください」とまで言われるようになってしまった。

しかし、この接待は相手ごとにせいぜい年に一回だった。あまりに強烈なので、深く記憶に残るため、相手は何回も接待されたと勘違いしてしまうのだ。つまり、トータルの接待費はそれほどではなかったのだ。

これには後日談がある。一部で有名になりすぎた接待のフィナーレを押さえるべく、一世を風靡した写真週刊誌『フォーカス』の記者が吉野家で待ち構えていたのだ。その内容は、95年1月4日号に「マイクロソフト日本法人『39歳社長』接待漬けの相手」として掲

載された。電車内の中吊り広告にも私の顔写真が載る有様だった。

不幸なことに、それをまだうら若き10代だった娘が見つけてしまった。顔写真の周りは有名タレントや政治家のスキャンダルの見出しだらけである。「パパ、何をしたの」と問い詰められ、答えるのに四苦八苦。20年前のこととは思えないほど、我が家にとっても忘れられない〝事件〟となったのだった。

◇人を見ぬくには直感に頼るべし

東京・西新宿に「ぼるが」という店がある。店名はロシアの川の名らしいが、古典酒場の雄、中身は純粋な焼き鳥屋である。店の親父がバラライカを弾きながらテーブルをまわるという余興で有名だった。

私は学生の時分、この店に通っていた。連れは決まって早稲田大学の学生2人。この2人とは、早慶戦の夜に新宿西口の思い出横丁で知り合った。早大が勝てば、タダ酒にありつけることを知っていた私は試合のたびに適当な店に乗り込んで、早大の大先輩たちから「お前は何学部だ！」「ハイッ！　商学部です」「よし、飲め！」と、実は中央大学商学部であることは伏せて勝利の美酒に酔っていたのである。

そこで得た悪友とぼるがで、「人間バグパイプ」という芸をやっていた。今でいうボイスパーカッションで、2人が通奏管として一定の音程を口で奏で、残りの1人がそこに主唱管のメロディを乗せる。それだけのことなのだが、サラリーマン客に大いにウケた。笑いをとれば奢ってもらえる。酒飲みたさに極めた芸だった。

あれは大学4年の夏のこと。人間バグパイプを喜んでくれた中年男性客に「よしカラオケに行くぞ」と誘われた。もちろん、断る理由はないので、同席させてもらう。私は十八番としていたサルヴァトール・アダモの『雪が降る』のBGMに乗せて侍がエッチなセリフを独白するという渾身の飛び道具を披露。残りの2人も、負けじと場を盛り上げる。

するとその男性は気に入ってくれたのか「お前ら、最高だ！」と叫び出した。背広の内ポケットから名刺を出して何か書き付けたかと思うと、こちらに差し出す。「合格です」と書かれた名刺には、日本で5本の指に入る商社名と、人事部長という肩書きが刷られていたのである。3バカ学生はまさに狐につままれたような顔になったが、翌朝になってもその名刺が木の葉に変わることはなかった。

ところが、である。夜な夜な人間バグパイプに興じている学生どもが、卒業に十分な単位を揃えているわけがない。私は、不足単位数が必修だけで24単位もあった。英語も体育も全滅という絶望的な状況。せっかく総合商社に入れるのに、卒業見込証明書が取得できないのだ。学生課に泣きついても「騙されたんだよ」と笑われるばかり。しかし、現に名刺はある。その番号に電話をかけて確かめてもらったところ、学生課の職員はたちまち渋い顔をした。手書きの内定証明書はなんと、有効だったのだ。

とはいえ、状況は変わらない。卒業に黄信号が灯り、私は商社マンになり損ねた。結局、内定を辞退した後、あるウルトラCを使い、卒業までこぎつけることができたのだが、後の祭りであった。

そのときに得た教訓がある。単位は早めに取っておくということではなく、人を見抜くには直感に頼るべしということだ。私を含めた3人は広く浅い好奇心の持ち主で、商社向きだったのだろう。大手商社の人事部長の目は確かだったと思う。

後に経営者になってから、あの人事部長の手を借りたいと思ったことは数知れない。就職を希望する人物に会うと、最初の5分で、この人と一緒に働きたいか、そうでないかを直感的に振り分ける。ところが、その後、1時間も話していると、直感が揺らいできてしまうのだ。本来なら相性だけで選ぶのが私の採用方針だが、売上げに貢献できそうかなどと邪念が湧いてきて、判断を誤る。

せっかく採用した人材が定着しない、すぐに辞めてしまうという悩みを抱えている人事担当者は、セミナーに通うより、新宿西口あたりで学生にご馳走をした方がはるかに良い出会いがあるかもしれない。

◇プレゼントは高くないものを大量に届ける

異動の季節はお祝いのプレゼントに誰しもが頭を悩ませる。もし、あなたが誰かに何かを贈ろうと、デパートへ出かけたり、ギフトカタログをめくったりするなら、止めたほうがいい。そういったところで買える物はたいてい可もなく不可もなく無難で、贈る側は安心しても、中身はさほど嬉しくないものばかりだ。相手に喜んでもらうためには、何を贈るかだけでなく、どこでプレゼントを選ぶかが重要になる。

既に鬼籍に入られたＣＳＫの創業者である大川功氏に、古希のお祝いを贈ったことがある。大川氏はベンチャー経営者として後輩に当たる私に目をかけてくださり、よくご馳走にもなっていた。私はいつか恩返しをしたいという思いを持っていたので、古希はまたとないチャンス。しかし、大川氏は日本でも屈指の大金持ちであり、大抵のものは自腹で買える。さて、何にしようか。思案の末、私は浅草へ足を運んだ。訪れたのは扇の専門店「文扇堂」である。ここは、歌舞伎役者や落語家も通う、歌舞伎鑑賞が趣味の私にはおなじみの場所だ。

大川氏は当時、日本舞踊を習い始めていた。日本舞踊と歌舞伎には共通点がいくつもあるが、扇はその内のひとつ。私は、年齢を重ねてからの粋な趣味にふさわしい逸品を見立てようと思ったのだ。

文扇堂で選んだのは、2012年に亡くなった18代中村勘三郎が使っていたといわれる扇。日本舞踊や歌舞伎に興味のない人にとっては何の変哲もなく見えるだろう。しかし、知る人ぞ知る品だからこそ、好きな人にはたまらない。

大川氏は、私が文扇堂で出会ったその扇を手にとると、とても喜んでくれた。その様子を見て、尚のこと、嬉しくなる。

しかし、かようなプレゼントは予算的にもなかなか出来ない。一方で、職場へのプレゼントでは肩肘張らない品を選ぶ、ちょっとしたコツがある。すなわち、さほど高くないものを大量に届けるのだ。

投資会社を経営していると、ときおり、上場を果たした会社にお祝いの花を贈ることがある。こういったとき私は、胡蝶蘭は選ばない。他者からも贈られるだろうから、ほかの胡蝶蘭に埋もれてしまうし、鉢を社長室に置かれたら本人と秘書の目にしか触れない。あるいは、受付にでも置かれてしまえば、あっという間に忘れ去られてしまう。

私が贈るのは、大量の薔薇である。さすがに100万本とは行かないが、赤と白とを半分ずつ、花束にせず、花屋さんに先方のオフィスまで台車に乗せて運んでもらうのだ。受け取った社長はあまりの多さに驚愕する。上場したばかりの会社に、活けるのに十分な数の花瓶も人材も場所もあるはずがない。

すると、社長の行動は大体決まっていて、「成毛さんという人から薔薇をたくさんもらったので、帰りに好きなだけ持って帰ってください」とメールで社員に通知をすることになるのだ。その結果、私が顔を知らないその会社の社員全員に、お祝いの気持ちが届く。家に持って帰ってその話をしてもらえれば家族にも伝わる。この波及効果は、鉢植えの胡蝶蘭では得られない。

これは、お祝いでなくとも、差し入れにも使える手法である。活躍するのはネット通販だ。ドリンク剤を50本でもカップラーメンを5ケースでも、受け取った人が1人では消費できないので、気前よく周囲と分け合えそうなものを、画面で選んで注文ボタンをクリックする、たったそれだけ。包装が素っ気無い段ボールなのも、気負わぬプレゼントにふさわしい。

近頃は、通販サイトを覗きつつ週刊新潮の担当編集者に何を送って驚かせるかを思案するのが楽しみとなっている。

◇新入社員は仕事ができないものと頭に入れる

新入社員たちが職場で本格的に仕事を始める春にもなると、迎え入れた側からは、「今年の新人はまるで仕事ができない」といった時候の挨拶と化したつぶやきが聞こえてくる。しかし本来、新人は仕事ができないものだということを頭に入れておこう。

入社面接のときはもっとしっかりしていたと思うなら、それは上手く騙されたのだ。面接でわかるのは、大人との会話に慣れているかどうかと、その慣れによってスムーズな受け答えができるか、だけ。体育会系が面接に強いのは、体力や根性があるからだけではない。同時期に在学している先輩に加え、ときおりやってくる何十歳も離れたOBに対しても、そつなく対応する能力を磨き抜いた上で面接に臨んでいる。他の学生と比べると、有能な学生に見えるのは当然である。

ただ、体育会系であろうとなかろうと、古今東西、即戦力だった新人などひとりもいない。期待する方が間違っている。

マイクロソフトの社長の頃、私は内定式の挨拶で、新人を前に「今の君たちには何も期待していない」とはっきり伝えていた。期待されていない代わりに、最初の3年間は24時間365日仕事だけをしろ、と。仕事以外で許されるのは、週に一度の入浴くらい。恋人がいる人は入社までに別れを告げ、いない人は、すぐにパートナーを作り、やはり入社前にふっておくべきだとけしかけた。ここだけ読むと、まるでブラック企業だろう。

しかし、そう言ったのには理由がある。1日8時間働くのと、1日24時間働くのとでは、経験値が3倍異なる。社会人になりたての時期の3倍の差は、どの会社でどんな業務をしているかの違いよりも、遥かに重要である。この頃に離された距離は、その後、どれだけ頑張っても埋められるものではない。だから自分のために死にものぐるいで頑張らなくてはならないと言いたかったのだ。

ただ、当然のことながらマイクロソフトはブラック企業ではなかったので、実際に新人が働いたのは、1日24時間よりずっと短い時間に留まったし、毎日風呂に入れた。それでも、他社の新人と比べると、相当、働いていただろう。3年が過ぎる頃には、彼らもその実感を得たのか、後輩である学生に向かって「最初の3年は、24時間365日働くべきだね。ウチの社長は間違いなく、内定式でそう言うよ」などと吹聴するようになった。あるときから内定者も、この話を私から直接聞きたいと楽しみにしていたそうだ。

ところで、当時のマイクロソフトのオフィスの地下には、スポーツジムがあった。法人契約をしていたため、社員はときおりそこで汗を流していた。ところが、その汗の流し方が問題になったことがある。ジムから総務へ、こんな連絡があった。

「うちは銭湯ではありません。契約違反ではないですが、ご配慮ください」

運動後の体をほぐし温めるため、ジムには大きな風呂がある。それを知ったマイクロソフトの独身社員たちは、風呂に入るためだけにジムに通っていたのだ。運動とは無縁な体つきの集団がどやどやと入ってきては、シャワーで汗を流し、浴槽へ浸かったらすぐに出

て行くのだから、ほかの利用者には不気味だったのかも知れない。お叱りを受けた総務の担当者は社内に「厳しい」通達を出した。所属部署によって入浴時間を変えるように、と。部長たちは早速、時間割を作り、実行させた。

その後、ジムから何も言われることはなかったという。新入社員だって時間は守る。1年目はそれだけできれば十分なのである。

◇アベレージゴルファーに留まる

15年ほど前にビル・ゲイツと連れ立って、孫正義さんの竣工直後のご自宅にお邪魔したことがある。まずは親友のビル・ゲイツに自宅を見てもらいたかったようだ。

孫さんがゴルフを始めたのは、まだソフトバンクがパソコン用のパッケージソフトの卸売を生業としていたころだという。1打目のショットからゴルフの魔力に取り憑かれ、まずは達成計画を作ったのだという。それは1年目にはスコア90台、2年目には80台、3年目には70台を出すという恐るべきものだったらしい。そして驚いたことに、孫さんはその目標のすべてを達成したのだ。

このころ、パープレーを果たしたスコアが印刷されたテレフォンカードを貰ったことがある。この人にはゴルフでもビジネスでも絶対に勝負を挑んではいけないと確信した。ソフトバンクがパソコンソフトから通信へ事業転換をしたときには心底ほっとしたものだ。

最近では2013年12月にホールインワンを達成している。このときのスコアは73だから、いまでも腕はまったく落ちていないようだ。ともあれ、シングルプレーヤーの秘訣が自宅の地下にあるというので、ビルと私は案内に従って階段を下った。すると、そこにはなんと私設ゴルフ練習場があった。

天井の高い、ちょっとしたパーティができそうな広い部屋の正面には、巨大スクリーンが設置されていて、オーガスタなどのバーチャルなゴルフコースが映しだされている。スクリーンに向かってクラブを振ると、ボールがぐんぐんと飛んでいく映像が出る。ボールの止まった位置によっては床も前後左右に傾く。当時としては最先端のさらに先を行く施設だった。

豪華設備を前に孫さんのゴルフに懸ける執念の恐ろしさに震えていると、地下室にもかかわらずパラパラと雨が降り出し、風まで吹き始めた。なんと、悪天候を再現する仕掛けまで整っているのだ。唖然としている私を尻目に、目を輝かしてオレも新居用に買うわ、と発注先を孫さんに尋ねるビルを見て、私は再び戦慄を覚えたのを記憶している。

私もゴルフ好きだが、ここ一年の平均スコアは95。典型的なアベレージゴルファーだ。夏になると、泊まりがけで高原にあるゴルフクラブに出かけるのを楽しみにしている。平日であれば宿泊費と2ラウンドのプレー代、それに4食分の食事も含めて1泊で2万円台。リーズナブルな夏の娯楽だと思う。

最近は大人が楽器を習うのが流行っているが、そこで習得したテクニックを披露しようとライブハウスに出演する人はごくわずかだろう。大半は、演奏そのものや上達を楽しんでいるはずだ。スポーツにも、競技には参加しないけど細々と続けるという楽しみ方があって良い。

それにゴルフはテニスやスキーと違い、年を取っても続けられるスポーツだ。瞬発力や持久力、反射神経を必要とするスポーツとは訳が違う。80を出すためには筋力よりも一発でピンに寄せてワンパットでボールを沈めるというようなテクニックがものをいう。75歳になっても人生のベストスコアを出す可能性があるということだ。

つまり、ゴルフとはスタート時に今日こそ人生のベストスコアが出るかもしれないと、ワクワクするスポーツなのである。毎回ベストスコアを期待できる、右肩上がりのゴルフライフを楽しみ続けたければ、いまは下手くそであるべしという結論に自ずとたどり着くはずだ。

２０１５年私は、60歳になった。そこから15年後に生涯のベストスコアを出すことを想定すると、あえていまは１００前後に抑えておく必要がある。アベレージゴルファーであることは人生の戦略なのである。

◇ゴルフの練習はしない

ゴルフは下手な方がいいと書いたら、ゴルフ未経験者で常識人たる編集者から「下手すぎて、一緒にラウンドしている人の足をひっぱるのが怖い」と告白された。確かに、初めてクラブを握るのがコースの上というのはまずいだろう。初めてのラウンド前には、打ちっぱなしの練習場に行き、100発程度は打ってみることを薦める。娘が就職活動をしていた頃も、意味のない企業訪問など放ったらかしにしていいから、打ちっぱなしへ行くことを強要した。

しかし、それ以上の練習は不要だ。空振り3打を1打に抑えられれば、130程度のスコアでラウンドできるはずだ。たいていパー4は400ヤード前後。1打で150ヤード飛ばすことができれば、空振りを入れても4打でグリーンオンできる計算になる。この後に控えるパットに多少手間取ったところで、さほど迷惑とは言えない。

それに、コースに出るとゴルファーの大半は自分のことで頭が一杯となり、周囲を見ていない。連れの大叩きなど気に留めず、そのスコアが130だろうが150だろうが、遅れを取り戻すためコースを走ってくれればそれでよい。この点でゴルフはカラオケに等しい。カラオケでは、すべての人が自分が歌い終わったとたん、次に何を歌うかに全神経を集中させる。他人が音を外そうが歌詞を間違えようが全く気にしない。

かくいう私もかつてはゴルフが大嫌いだった。初めてコースを回ったのは冬でしかも山岳地帯。取引先からの招待だったので断りきれなかった。運悪く当日はみぞれが降る悪天候。空振りやOBを連発し、顔はみぞれと涙でグチョグチョになった。仕事上では気の合う人だったのに、しばらく付き合いが遠のいたことは言うまでもない。

一転して好きになったのは夏のシアトルでのこと。1打目で憎《に》っくきドイツ人上司をオーバードライブしたときだ。敵の1打目はドライバーで100ヤードの打ち損じ。当方は7番アイアンで150ヤード。こんなに面白いスポーツはないと確信した瞬間だった。それ以来、私はゴルフ好きになったのだが、ドイツ人上司の方はゴルフをやめて、今は狩猟を趣味にしているという。誘われても一緒に狩猟に行く気にはならないが。

私が娘にゴルフを薦めたのは、自分の趣味に付き合わせようと思ったからではなく、彼女が海外勤務の多い企業を希望していたからだ。海外勤務となると、休日の時間をもてあます社会人が多い。特にアメリカでは昔から健康増進を目的に、1人でもラウンドできる習慣があり、日本とは比べものにならない気軽さでゴルフを楽しめる。この環境でゴルフをするなという方が無理である。

そうやってゴルフにはまって帰国した社会人は、常に一緒にラウ

ンドできる人を探している。相手が新入社員だろうがなんだろうが、隙あらば「ところでゴルフします?」などと探りを入れる。ご存じのように、日本のゴルフ場では4人一組でのラウンドが基本で、人数が足りないと追加料金が発生することがほとんどである。人数集めはアマチュアゴルファーにとって重要なミッションなのだ。

「やったことがありません」という人はさすがに誘わない。しかし「始めたばかりです。先日父とラウンドしたときは、130も叩いてしまいました」という答えを引きだしたら、相手は嬉々として仲間に入れることになるであろう。ただただ4人組の最後の1人を探しているだけなのだ。そうこうするうちに、新入社員のゴルフ人脈は社内外に広がっていくはずだ。それが1人でも行けるカラオケボックスとは異なるゴルフの面倒さであり、魅力でもある。

◇老後のために友人をつくる

年を取ると友人は減っていく。先立たれてしまうこともあれば、仕事の切れ目が縁の切れ目となって連絡が途絶えることもある。それが老後だとするならば、あまりにも寂しい。そこで私は旧交を温めるのにも新しく友人を作るのにも、ゴルフを活用している。二つのゴルフ会を設立し、年に3、4回、集まってゴルフをしているのだ。

最も長く続いているのは、『国際孔球会』だ。孔球とはゴルフを意味する。いかにも中国人富豪とのゴルフ会のような名称だが、メンバーは全員が日本人で、政治評論家やマスコミ関係者がほとんど。この会は元三重県知事の北川正恭さんと共催している。彼が政治の世界から足を洗った2003年に発足し、十数年でラウンドは54回目を迎えた。

もうひとつはレジェンド会だ。何のレジェンドが集っているかといえば、かつてのパソコン業界のレジェンド。大手メーカーの元幹部が名を連ねている。この会は私がマイクロソフトの社長だった当時、インテルの社長を務めていた傳田信行さんとの共催である。すでに多くのメンバーが第一線を退いているため、平日にラウンドできるというメリットがある。メンバーには一斉にメールで声をかけ、都合のつく人だけが参加する。たいてい3組12名ほどが集まり、ラウンド後、簡単に近況報告をして解散する。

どちらもあくまでゴルフ会でありコンペではない。だから、トロフィーなどは用意せず、表彰もしない。ゴルフ会の目的は競うことではなく、だらだらと長く回を重ねることなので、その障害となる面倒なものは徹底的に排除している。二つのゴルフ会は、共同開催者のどちらかが死ぬまで続けることになっている。

面倒を排除してはいるものの、イベントの企画はなかなか骨の折れる作業であり、ゴルフ会の主催も例外ではない。回を重ねるごとにだんだんと億劫になって、日程を決めるのも連絡をするのも滞り、挙げ句、フェイドアウトするのは目に見えている。

そこで、放り出さずに続けられるように共催という形をとっている。こうしておくと互いに

「次はどうする？」と牽制しながら相談をすることになり、立ち消えにならずに済む。

この運営方法のヒントは、日本最大級の異業種交流会THE CLUBから得た。この会の幹事は渡辺幸裕さんと中島敏一さんの2人だ。余談だが、渡辺さんはかつてサントリー宣伝部に勤務し、開高健の小説やエッセイにデュークとして登場する人物である。THE CLUBは、非営利で、2人が共催し、紹介制の完全会員制。その都度参加できる人が参加するという無理のないスタイルで、20年近く続いた（２０１５年10月最終回）。

そのTHE CLUBにあやかって長寿たらんとする二つの我がゴルフ会に数年前、新たにマイクロソフトＯＢによる会が追加された。メンバーは主に、私も長く所属した営業部門とマーケティング部門の連中だ。厳密に言うと私は主催者ではなく、当時の部下が「成毛さんも来るから」という誘い文句を使えるように名義貸しをしているだけだが、これもまた、貸している方も借りている方も勝手には止められない。

私がマイクロソフトを退社し14年が過ぎてこの会ができたのは、当時の部下たちの多くが40代となり、仕事も家庭も落ち着き始めたからだ。まだ忙しいという社員や元社員には、後からゆっくり加わってもらいたいと思っている。

三つのゴルフ会で年に4回ラウンドしたとして、それだけで月に一度はクラブを振ることになる。長くゴルフを続けられる体力づくりの場としても申し分ない。もう少し増やしてもいいくらいだ。

◇フェアプレーをする

メジャーリーグには、不文律がある。たとえば試合後半、大量リードしたチームの選手は、バントや盗塁をしてはならない、という。瀕死の状態の相手を叩きのめさない、紳士的な〝ルール〟だ。メジャーリーグという興行を盛り上げるために作られたのだろう。

かつて、アップルとマイクロソフトは競合企業と言われていた。かたやMac OS、かたやWindowsとどちらも基本ソフトを主力商材としていたからだ。一方で、両社間に連帯感もあったことはあまり知られていない。現在、多くのビジネスマンはマイクロソフト製の表計算ソフト『エクセル』を使っている。これはもともと、Mac OS用に開発されたものなのだ。

1980年代、マイクロソフトは『マルチプラン』という表計算ソフトを販売していた。今からは想像できないかも知れないが、扱えるのは文字だけ。そこへ、後にIBMに買収されるロータスという会社が『1-2-3』という表計算ソフトをWindows用に発売した。文字だけでなく、グラフも描けるという使い勝手の良さが受けて、売上げ好調。マイクロソフトの表計算ソフト開発部門は劣勢に立たされた。

実はこの頃、アップルは新しいOSの開発を進めていたのだが、表計算ソフトなどのアプリケーションは自社開発していなかった。そこで、マイクロソフトの表計算部門はMac OS用に、グラフも描けるソフトを開発。それが『エクセル』である。加えて、後にアドビシステムズに買収されるアルダスという会社は、DTP用ソフト『ページメーカー』をMac OS用に開発した。

結果的に、アップルの新しいマシンは大ヒットする。ビジネスマンは、この2本のアプリが使いたくて仕方なかったのだ。当時私はマイクロソフトのOS部門にいたので、敵に塩を送った表計算部門のことを苦々しくも思ったが、ほどなくしてその意味を理解することになる。エクセルは後にWindows用も開発され、『1-2-3』の持っていたシェアを奪ったのだ。結局、マイクロソフトはアップルの売上げ増に貢献、アップルはマイクロソフトのシェア拡大に寄与したことになる。

さらに、アップルとマイクロソフトの関係を物語るエピソードがある。10年以上の間、自ら創業した会社を追い出されていたスティーブ・ジョブズは、96年末に経営状況の悪化していたアップルに復帰し、再建を図ることになった。その際、マイクロソフトは、議決権を要求せず、1億5000万ドルを出資した。アップルの経営に口を出さず、ただ金だけを出したことになる。

当時、マイクロソフトはWindows 95で波に乗っていた。アップルの息の根を止めることもできただろう。しかし、マイクロソフトがそれを選ばなかったのは、アップルはライバルであると同時に、一緒にパソコン業界を成長させるパートナーだと知っていたからだ。相手チームが気力を失っている状態でバントだ、盗塁だと策を弄するのではなく、良い試合のできる環境を整えることを優先させたのだ。

アメリカは野球の国だ。子供は野球を見て、大人になる。試合には真剣に臨むものの、勝ちが見えてきたら相手への配慮を忘れない。なにせ、明日もまた戦わなくてはならない相手なのだ。やり込めることは紳士のすることではない。幼少期からそれがすり込まれているかいないかは、ビジネスの手法にも大きな影響を与えていると私は思う。

テニス、ゴルフは紳士のスポーツと言われるが、これらも勝負を楽しむために相手とルールを重んじる。試合が終われば敵味方関係なく称え合うラグビーのノーサイドもそうだ。ビジネスでも、フェアプレーが市場全体を大きくするのではないだろうか。

◇40代からの遊びこそ大事にする

先日、なんとも奇妙な取材を受けた。取材者は私に、今後、すべてのパソコンはスマートフォンに取って代わられると言わせたいようだった。その根拠は、今どきの大学生はパソコンを使わず、あらゆることをスマホで済ませているというものだ。確かにそこだけを見ていれば、これからはスマホの天下で、パソコンはただ消え去るのみに感じられる。しかし、実際は消え去らないし、死ぬこともない。つまり、すべてのパソコンがスマホに取って代わられることなどない。

メッセージのやりとりやネットショッピングなど、ちょっとしたことなら、パソコンからスマホにツールが移るだろう。しかし、今、パソコンで行われている業務の多くを考えてみれば、スマホでこなせるわけがないとわかる。スマホでは効率的に資料を作れないし、設計図も描けない。データベースの構築もプログラミングもできない。パソコンが生き残るのは自明だ。

それなのに、スマホの時代がやってくるかのように誤解をするのは、学生のことを買いかぶっているからである。学生は先見性に満ちていて、未来を体現しているという幻想に囚われているのだ。

しかし、学生が素晴らしかった時代などない。自分自身を省みても学生時代はどうしようもなかったし、当時の自分に期待できたものなどなにひとつありはしない。仮にあの頃の学生が時代を先取りしていたのなら、今頃は雀荘こそが優秀なビジネスマンの社交場になり、ゴールデン街の居酒屋は世界中でチェーン展開しているはずだ。若いときから活躍したビル・ゲイツやスティーブ・ジョブズなどは例外である。先を見通し、未来を作った学生は少ないのではないか。

今の学生の実態は、かつてのそれと変わらない。野心的な者はごくわずかで、ほとんどは、自らの手で将来を切り開こうとも、起業して世間をあっと言わせようとも考えていない。人生設計をしようにも、人生とは何なのかすらわかっていない。それはそれでいいのだ。

パソコンを使わない学生が目新しく見えるのは、彼らに大人ほどの経済力と知恵がないからにすぎない。彼らはスマホに未来を感じているのではなく、スマホしか使えないのだ。経済力と知恵の両方を備えていれば、スマホとパソコンを使い分けるに決まっている。

しかし、ものを考えない自称・進歩的な大人は自分の若い時代を棚に上げ、若者こそが未来的だと言いたがる。おそらくそれは、そう発言することで彼らからいい人だと思われたいからであり、若者を叩くだけの大人に対する反感もあるのだろう。彼らを叩きたいだけの大人が少なくないことは、日曜午前に放送されている民放の討論番組を見ればよくわかる。

ただ、若者が世の中を大きく変えるかのように期待するのは大間違いだし、彼らにとっても気の毒だろう。若者に無用のプレッシャーを掛けるくらいなら、40歳前後のミドル世代を応援したほうがいい。私自身、20代の頃よりは、40代のほうがまだ自分に期待を持てた。

そして不思議なことに、学生時代に通い詰めた雀荘や焼き鳥屋からは足が遠のいた今も、40代で知った店には通っているし、覚えた

遊びは続けている。これは私だけではないだろう。20代とは一過性の季節であり、30代後半から40代はその後の人生の習慣をスタートさせる時期だ。だから、パソコンやスマホに限らず、様々なことの将来を占いたければ、今の30代、40代が何をしているかに注目するのが一番。この年齢層は、上からはだらしないと苦言を呈され、下からは頼りないと揶揄される宿命にあるが、実は時代に敏感な世代なのだ。

◇簿記を学んでおく

日本人の9割には英語は要らないというのが私の持論だ。どれだけ一生懸命に英会話を身に付けても、ほとんどの人にとって外国人と話すことはないからだ。私の場合はたまたま入社した会社がマイクロソフトという外資系だったので、英会話を身に付けざるを得なかった。自動車部品メーカーを経て、アスキーというパソコン系の出版社に転職したのだが、その出版社がマイクロソフトの製品を販売する子会社を持っていたため、そこへ出向させられ、無理やり英語を覚えさせられた。

同じように、日本人経営者の9割に経営学修士（MBA）の資格は要らない。早稲田大学ビジネススクールで教えている私が言うのだから間違いない。MBAコースを受講する人もそれはよくわかっているようで、受講生は、MBAの資格を取得したいというより、純粋に新しいことを勉強したいようなのだ。確かに勉強の場としてＭＢＡコースは悪くない。

ハーバードやスタンフォードのＭＢＡコースだけは特別なようで、そこには人脈作りという大きな目的がある。しかし、いずれにしても、大事なのはＭＢＡという肩書きではないし、資格を取ることでもない。

英語やＭＢＡよりも、ほとんどの日本人に必要なのは、むしろ簿記の知識であろう。簿記は経理部員だけのための技術ではない。経営のための根幹技術なのだ。目安としては、日商簿記の２級レベルのうち、工業簿記を除いた商業簿記の知識があればいい。

このレベルの知識があれば、企業の決算書が読めるし、財務状況もよくわかる。簿記の知識がなく、勤務先や取引先の財務状況を知らずに働いていては、判断を誤ることもあるだろう。

これは現役の社会人だけに限った話ではない。リタイアをした人にも四季報に書かれていることを理解し、財務諸表を読み解くくらいの力は必要だ。

２０１４年、少額投資非課税制度（ＮＩＳＡ）が導入された。投資額が年間１００万円（16年より１２０万円）までであれば、株や投資信託の売却益や分配・配当金が非課税になるというものだ。子供名義の口座を作り、投資をすることで、生前贈与にも活用できる。上限額の引き上げや口座を作れる年齢の引き下げもなされ、相続税は２０１５年の改正で基礎控除額が現行を大きく下回った。子孫に多くの資産を残したければ、ＮＩＳＡを活用するのが当たり前という時代がやってくるかもしれない。

そのとき、どこの企業に投資をすればいいのか。証券会社の薦める投資信託を買っていては手数料がかさむし、そもそも、わざわざ投資をする意味が感じられない。自分でここだと思える企業を見つけ出すのが投資の醍醐味だ。その際に、一つの基準となるのが、財務状況である。企業選びの基準はほかにも二つあり、それは勘と好みだ。

ともあれ、これから学ぶなら簿記に限る。学習方法は簡単で、まずは初心者向けのものでいいので、日商簿記3級レベルの参考書を読み、問題を多く解くことだ。

本は書店でよく売れているものを買えばいいだろう。目標はあくまで財務諸表を読めるようになることであり、試験に合格することではないので、学校へ通ったり通信教育を受けたりせず、独学で十分だ。

社会人経験の長い人ほど、そして、簿記とは無縁だった人ほど、一から学ぶことで「ああ、こういうことだったのか」と目から鱗が落ちるような発見がたくさんあるはずだ。最初は取っ付きにくくても、学んでいくうちに面白さも生まれてくる。簿記の勉強は、生涯学習のテーマとしてもお薦めだ。英会話よりもずっと役に立つし、見える世界を広げてくれる。

◇IT化できないところを見出す

今でこそ私はノンフィクションばかりを読んでいるが、10代の頃はサイエンス・フィクション、つまりSFに夢中だった。私の住んでいた北海道在住のSF作家、荒巻義雄さんのファンジンにも参加していたほどだ。ファンジンとは、ファンとマガジンからなる造語で、作家と読者が一緒につくる雑誌のことだ。この言葉に、懐かしさを覚える方もいるのではないか。

SFにのめり込むようになったきっかけは、小学生のときに出会った一冊の本だった。ラッセル作・矢野徹訳の『見えない生物バイトン』（講談社）に出会ってしまったのである。これがむちゃくちゃに面白かった。人間のネガティブな感情をエネルギー源とする、目に見えない知的生命体バイトンが人間を操っていくという物語で、そのバイトンを目視するには、ビョルンセン教授が処方する、ヨードとメチレンブルー、そしてメスカリンからなる目薬が必要だというのにも心を躍らされた。なお、この本のイラストを描いているモリナガ・ヨウ氏の幼心をつかんだSFは『怪奇植物トリフィドの侵略』（あかね書房）だそうだ。トリフィドとは、3本足の歩く肉食植物。バイトンにしろトリフィドにしろ、いかにも男子児童が夢中になりそうな突飛なモチーフと名前で、本当にSF作家は素晴らしいと思う。

私自身は、中学生になる頃にはただSFを読むだけでなく、初版本で読むことに目覚めていた。

新しい本が出ると聞けば近所にあった書店で予約をし、入手を待ちかねていた。当時出版されたＳＦはほとんどを読んでいたのではないだろうか。

大学に入って東京へ出てきて、絶版になった文庫をずらりと揃えている書店を神田神保町の古書店街に見つけたとき、私は今後、宇宙一の書店街のある東京に暮らし続けることを決めた。ただ、そこで読書の悦びだけにどっぷり浸っていたかというと、そうでもない。

当時、神保町にはＳＦの古本を50円均一で売っている店があった。名著も入手困難なものも初版もお構いなしで50円だ。ＳＦを読みまくっていた私の目には、そこは宝の山に見えた。そして、めぼしい物を買っては、多摩に住んでいた親戚の家に行くたびに、その近所の古書店でまとめて売った。そこでは、１冊１２０円で買い取ってくれていたのである。

あるときは、その多摩の古書店で、東京創元社のＳＦシリーズがかなり安価で売られているのを見つけた。破格の安さだと思った私はそれを買い、今度は神保町で高く買い取ってくれる店を探した。これらの行為は小遣い稼ぎと言うよりは、自分がどれくらい目利きかを試す、知的プレーだった。今どきの金融用語で言う「アービトラージ」すなわち裁定取引を、無意識のうちに楽しんでいたのである。

安く仕入れて高く売る「アービトラージ」は、すべてのビジネスの基本だ。石油の世界でも穀物の世界でも、そして古本の世界でも同じである。思えば、小学生のときに手にした一冊に夢中になったことが、ビジネスの手習いに通じていたことになる。

『見えない生物バイトン』との出会いから50年近くが経ち、私はすっかりSFを読まなくなった。知的プレーもうしない。しないと言うより、できないのだ。ネットが発達した現在は、目の前にある古書がいくらで流通しているかを簡単に調べられるスマートフォン用のアプリがあるため、それを使えば誰もが同じように売買できるからだ。

ＩＴ化はすべてのアマチュアをプロに変え、腕に自信のある本物のプロを排除する。だからこそ、ＩＴ化できないところに、プロの活躍するビジネスチャンスが眠っている。これからは、ＩＴの時代では決してない。

◇飲み会のメンバーは厳選する

私は人見知りが激しいので、初対面の人の多い飲み会は苦手だ。なので、飲み会には誘われて参加するよりも、自分で主催して人を集めることが多い。そのきっかけとなるのは、これと選んだ最初の人である。

この人と飲むと決めたら、紹介して面白いのではと思える人を厳選して声をかける。そのとき、それぞれのメンバーと私との距離感はほぼ一定である。たとえば、高校時代からの友人と、今、ビジネスを進めている真っ最中の仲間を同席させることはない。せっかく席を同じくするのだから、共通の話題で大笑いできるメンバーを揃えたいのだ。

飲み会は接待ではないので、店選びにはそれほどこだわらない。魚介は火を通した方が断然旨いと信じているため、生魚がつきものの和食より、フレンチやイタリアンを選ぶことが多いが、メニューよりも重要なのは、その店にコース料理があるかどうかだ。ないと食べずに飲み続け、内臓に負担がかかってしまう。コースという、その都度注文をしなくてもテーブルに食べ物が並ぶ、非常に便利なシステムを活用するに限るのだ。飲み放題もあった方がいい。値段を気にせずに飲めるからだ。

テーブルの囲み方にも一家言ある。まず、最初に一緒に飲みたいと思った人、つまり主賓は中央の席に座ってもらう。テーブルが長方形なら、長辺の中央に陣取ってもらうのだ。そしてその正面を、主賓と最も相性が良さそうな人の席とする。誘っておいて自分が正面に座らないのは失礼かもしれないが、しかし、場を盛り上げるには、これが一番だ。飲み会の目的は私が満足することではなく、主賓を初めとする参加者全員の楽しさを最大化することにある。なので、他の席も話が盛り上がるように決める。ちなみに主賓の隣に若い異性を配置するようなことはしない。特に若い女性は若い女性だけで固めることが多い。その方が彼女たちも楽しい時間が過ごせるだろうし、女性たちが楽しく話している声は華やかで、宴席を賑やかにしてくれるからだ。

私自身はどこに座るかというと、下座である。主賓の向かいの長辺の隅が指定席だ。ここだと全体が見渡せるし、そっと席を外せるのもいい。円卓には隅がないので中華料理はあまり好まない。長辺の隅は、会議の際のビル・ゲイツの定位置でもある。やはり全体を見渡しているのだ。ただし、会議でのビルは、飲み会における私のように他のメンバーの席を指定しない。そこで出席者は皆争って、ビル側の長辺のどこかに席を取ろうとする。なぜならビルは、理不尽なことがあるとものすごい勢いで怒鳴り出すからだ。

正面に座っていると、そのとばっちりを全身で受け止めなくてはならなくなるので、当然、全員がその席を避ける。事情を知らない人がその席に着くと、部屋がざわつくほどだ。

一番人気の席は、ビルの側の長辺の、もう片方の隅である。ビルが怒り出したら、すっと椅子を後ろへ引いて、自分をビルの視界から消す。その隣の人も椅子を引く。またその隣の人も……といった具合で、ビルの側の長辺に席を取った人の椅子を線でつなぐと、緩いカーブが描かれる。

もちろん私は飲み会で怒鳴ることはないので、どこの席に座っても安心して飲んでもらえる。そして、支払いについてはできるだけ多めに出すようにしている。特に高額な店の場合はそうだ。感謝さ

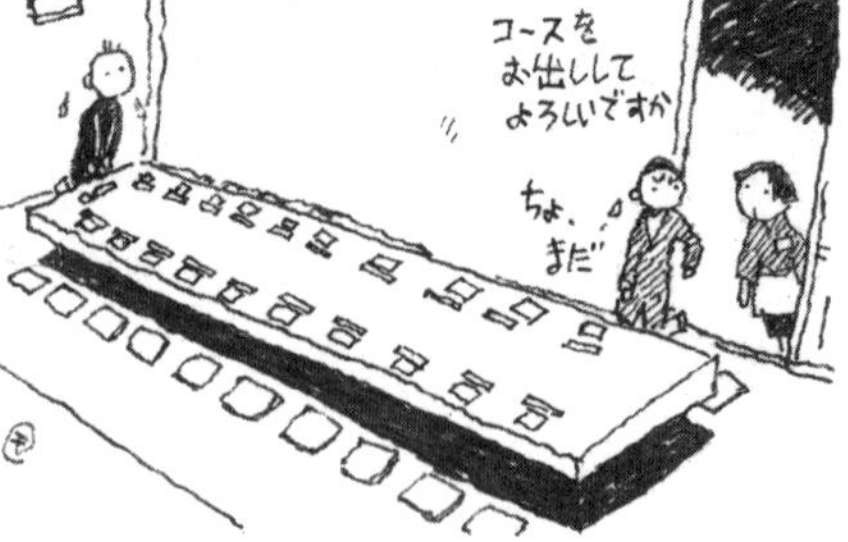

れたいわけではなく、私が誘われる側の立場なら、飲み会のために高い会費を払うくらいであれば、ほかのことに使いたいと思うに決まっているからだ。これもあって、飲み会のメンバーは厳選しているのである。

◇調べ物メモをつくっておく

インターネットには大量の情報があふれていて、いつ何時でもどんなものでも調べることができる。まるで見えない空間に何万冊もの百科事典が浮遊しているようで、本当に便利な世の中になった。ただ、このネット検索という百科事典は、いかなる目的でも有効かというと、そうではないと私は思う。

印刷された百科事典や辞書や図鑑は特に調べるものがないときでも最高の読み物だ。適当にページをめくれば必ず何か知らないことが書いてあるので、そこから新たな知識を仕入れることができる。しかし、インターネットの場合は「適当にページをめくる」ことができない。調べる側に調べたい明確な何かがないと意味がないのだ。

調べたい明確な何かとは、検索のためのキーワードとも言い換えることができる。私はそのキーワードのうちのいくつかを、検索した後でも忘れないように、ひとつのファイルに書きためている。

そのファイルは単なるワードの文書で、思いつくままにキーワードだけでなく、川柳や名言などもただただ書き留めているのだ。ドロップボックスというサービスを使い、パソコンからもタブレットからもスマートフォンからもいつでもアクセスできるようにしている。この習慣をいつ始めたのかは覚えていないが、ぎっしりと文字が書き込まれたこのファイルはすでに14ページに達している。

たとえば、こんな具合だ。「Veni,Vidi,Vici」というラテン語。これはジュリアス・シーザーの有名なセリフ「来た、見た、勝った」の原語で、なるほどここからビジョンやビクトリーという言葉が生まれたのだなと感心したのでメモしてある。そしてそのときの私は、では「来た、見た、食った」としたら、どうなるのかに興味があったようで、それも調べてメモしてある。かと思うと「10の24乗はヨタ」というメモもある。3乗はキロ、9乗はギガ、続いてテラ、ペタ、エクサ、ゼタでその次がヨタだ。いつかはこのヨタをまさに与太話の原稿に使おうと考えていたのだろう。こういった豆知識は、ネットを探せばどこかに書いてある。しかし、手元にまとめて記録しておくことに意味がある。このメモは、あふれる情報の海にたゆたう私にとって、錨のような存在だ。これがなければ、私はネットを百科事典的には活用できない。

このメモを原稿に書くネタにするとき、そこに書いてある断片だけでは活用が難しくても、別に仕入れた新しい情報と結びつけられれば、新たなアイデアが生まれる。私にとって原稿のネタとはつまり仕事のヒントなのだ。

さらに、ファイルを見返すたびに、なるほどこんなことに関心をもっていたのかとか、なぜこれをメモしておこうと思ったのかとか、いろいろと考えるきっかけが生まれる。押し入れから出てきた古新聞を読みふけってしまうのは人の常だが、それは自分のメモでも同じことだ。

かつて私のメモには、一世を風靡した人たち、たとえば桂枝雀やダイアナ妃の生まれ年を調べて記してあった。いまはそこに、没年も書き添えてある。

それを眺めていて考えたのは、たとえばジョン・レノンは１９４０年生まれで１９８０年に没している。享年40、もしいま生きていれば75歳だ。同様に、カレン・カーペンターは65歳。クイーンのフレディ・マーキュリーは69歳。古今亭志ん朝は77歳、初代・尾上辰之助は69歳。松田優作は66歳、夏目雅子は58歳。いま生きていたら、彼らはどんな姿で活躍しているのだろう。もし、あの人が生きていたらと想像するサイトがあっても面白いかもしれない。

◇震災時の「情報戦」に備える

過去に何度も大震災を経験した日本で、天災への備えを怠っている人は少ないであろう。私も水（ビールやハイボール用の炭酸水を含む）や、固化剤と消臭剤が一緒になった簡易トイレ用のセットなどを備蓄している。食糧を特に意識していないのは、普段から冷蔵庫などにストックされているもので半月ほどは食いつなげそうだからだ。ただし、天災がやってくるのは家にいるときとは限らないのがやっかいだ。

２０１５年12月下旬、東京で群発地震が相次いだが、このとき私は普段から持ち歩いているモバイルバッテリーを、容量の大きなものに変えた。出先で何かが起きたとき、頼りになるのはスマートフォンであり、そのスマートフォンを使うには、バッテリーが必要不可欠だからである。もちろん、通信環境も欠かせないので、普段使っている電話や通信の回線が不通になった場合のことを想定し、予備として別の回線を契約し、それにつながるルーターを鞄の中に入れている。さらには、放送局の電波を受け取れるようにもしている。私の使っているｉＰｈｏｎｅにはワンセグチューナーがついていないので、外付けのものをこれまた鞄の中に入れているのだ。どんな事態に陥っても、東京スカイツリーからの電波送信に問題がない限り、ＮＨＫはその災害に関する情報をテレビやラジオで伝え続けるはずである。たとえば交通事故のような地理的にピンポイントの情報の収集にはツイッターが便利だが、広域で発生した災害の全体像をつかむには、NHKのニュースが欠かせない。

電源、通信、テレビのほか、灯りも持ち歩いている。切手の半分くらいのサイズの基板に、LEDのチップが載ったものだ。これはモバイルバッテリーのUSBポートに挿すことで、小さなLED懐中電灯となる。iPhoneを灯りとして使う場合に比べると、消費電力が桁違いに小さい。

グッズだけでなく、iPhoneの中のアプリでもあらかじめ防災関係のものを揃えている。

まず『ゆれくるコール』。これは、地震が発生したときに、登録しておいた場所が何秒後に揺れるかを知らせるものである。推定震度や震源地、地震規模とそれに応じた取るべき行動もこれでわかり、気象庁による緊急地震速報よりもきめが細かい。

道路状況を把握するには『渋滞ナビ』だ。これは日本道路交通情報センターによる情報だけでなく、独自情報も収集・公開するアプリだ。私の実感では、グーグルマップより優れている。

鉄道なら『ツブエキ』。これで今いる駅や乗っている路線について調べると、同じ駅や路線を使っている人による情報が収集できる。

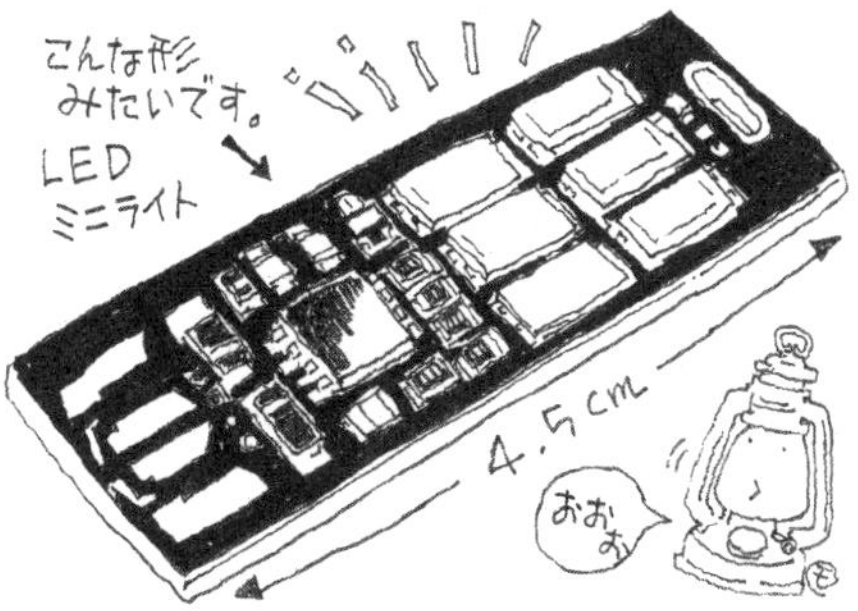

今や、交通トラブルについての情報は、鉄道会社や報道機関よりも先に、個人が発信する時代だ。だから、普段は使わなくなったツイッターにも、すぐにｉＰｈｏｎｅからアクセスできるようにしている。これがあればＮＨＫによる鳥の視点からの情報と、ツイッターによる虫の視点からの情報とが手に入れられる。

モバイルバッテリーもワンセグチューナーもルーターも平時では必要のない機器類だ。しかし、大地震が発生したときには大いに力を発揮してくれるだろう。これ以外にも常備薬や予備のメガネ、アルミ張りのサバイバルシートなども鞄の中に突っ込んでいる。防災グッズを準備すればするほど荷物はどんどん重くなり、肩のこりはひどくなってくる。そのために肩こりシップも忍ばせていて、それがまた鞄を重くする。登山用のリュックサックを担いで街歩きする日も遠くない。

◇記憶力減退を予防する

最近、防災に対して減災ということがよく言われるようになっている。天変地異などによる災害を完全に「防ぐ」ことはできないが、被害はできるだけ「減らす」ためにしっかりと手を打とうというものだ。私はこの考え方に全面的に賛成だ。完璧に防ぐことはできないから、減らす工夫を追求すべきなのは、忘れ物についても同じである。

こう考えるようになったのは、私が齢《よわい》60を過ぎて、忘れ物をなくすことなど不可能だと気がついたからでもある。ただ、忘れ物を減らすのも困難なことに変わりはないので、自分ひとりの力だけでは心許ない。そこで「減忘グッズ」とでも呼ぶべきものを活用している。

ひとつは、Ｓｕｉｃａである。私はこれをｉＰｈｏｎｅとｉＰｈｏｎｅケースとの間に忍ばせている。カード用のポケットがあるｉＰｈｏｎｅケースではなく、覆い隠すタイプを使うのが私の美学なのだが、こうしておくと、ｉＰｈｏｎｅを自宅に忘れて遠出することがなくなる。最寄り駅に着いて電車に乗ろうとしたときに、Ｓｕｉｃａがないことに気がつくからだ。外出先でｉＰｈｏｎｅがなく途方に暮れることを考えると、そこから家に取りに帰るなど大した手間ではない。ｉＰｈｏｎｅを忘れることはゼロにはならないが、被害は最小限に留めることができる。Ｓｕｉｃａは電子マネーの機能も持つので、財布を忘れてもこれさえあればなんとかなる。

インナーバッグも愛用している。これは、いわゆるバッグ・イン・バッグである。その中には、名刺、栞代わりに使うダイソーで買ったフィルムタイプの付箋、２本のペンと小さなメモ帳、突然の腰痛に備えたロキソニンの湿布薬、おしぼり代わりに重宝するアルコールフリーの『おしりセレブ』、万能軟膏『ヒルドイド』、モバイルバッテリー、コンセントとＵＳＢのアダプター、ＵＳＢケーブル、女性ボーカルがきれいに聞こえる『ＺＥＲＯ ＡＵＤＩＯ』のヘッドフォン、飲む前に飲む『琉球酒豪伝説』『アリナミン』『ビオフェルミン』を詰めたピルケースなど、忘れてはならないけれど忘れてしまう確率の高い小物を入れている。私にとってこれらはどこへ行くにも必需品なので、持っていく鞄を変えるときには、インナーバッグごと中身を移動させる。こうすることで、致命的な忘れ物は、理論上、なくなる。

なお、私の愛用するインナーバッグのサイズはこの本と同じくらいで、色は鮮やかなオレンジだ。この色のおかげで、ダークカラーの鞄の中でも、多少暗いところでも見つけやすい。また、開口部にはジッパーではなくマジックテープが使われているものを選んだ。これなら、鞄の中を覗き込まなくても、手探りで名刺を取り出すくらいのことはできる。

減忘グッズはデジタルにも導入している。私のｉＰｈｏｎｅにはいくつものアプリが入っているが、最も活躍しているのは備忘録として優れた『Ｃａｐｔｉｏ』だろう。これは単に、自分宛にメモをメールで送るだけのものだが、メールアドレスの入力という手間を省けるのが実に素晴らしい。メモを書いても、どこにしまい込んだかを忘れてしまうし、それ以上にメモを書いたことすら忘れてしまう。しかし、メールだけは誰でも必ず1日に1回はチェックするので、そこに自分が書いたメモが送られていたら、間違いなく読むし、忘れずに行動することができるというわけだ。つまりメモはメールにして自分に送るに限る。

ほかにも減忘グッズは活用しているはずなのだが、もはやその存在を忘れている。思い出せないくらいである方が、減忘グッズとしての出来はいいということだろう。

◇生命保険を再検討する

私が健康志向にそれほど入れ込んでいないのは、もともと体が丈夫だということもあるだろう。自分だけでなく、血縁者もほとんど病気知らず。90代まで生きるのが普通という、ありがたい長寿家系である。

健康や寿命についての考え方は、人によって違う。健常者でなければ長生きしたくないという人もいるだろうし、病気と闘ってでも100歳まで生きたい人もいるだろう。だが、日本の場合、なぜか、「万が一の場合に備えて保険に入っておく」という考え方については、国民の意見がほぼ一致している。日本人の生命保険加入率は8割を超えるのだから、驚きだ。

しかし、その中で、本当にその保険が自分に必要かどうかを吟味している人は、どれだけいるだろうか。

生命保険は、多くの人から掛け金を集め、その中の誰かが亡くなったとき、集めた金から遺族に保険金を払うシステムだ。が、そのルート上には大勢の「保険のおばちゃん」が介在し、それぞれが収入を手にしている。私はこのことを不思議に思っていた。

ある生保レディが契約料10億円を達成し、多額の報奨金をもらったという報道を耳にしたのは30代の頃だった。企業体なのだから、報酬を出すのは当然で、疑義を呈すわけではないが、保険金をもらえない可能性もある中で、毎月掛け金を支払うというのは、なんとなく割に合わない賭けに思えてしまう。

そんなことから、私は、住宅ローンを組んだときの団体信用生命保険を除いて、生命保険に入らないことも選択肢の一つだと考えている。

さらに、がん保険のような医療保険も同様。日本には一定額を超えた医療費を払い戻してくれる高額療養費制度があるし、仮にがんになっても、保険適用外の先進医療を受けるケースは限られる。そう考えると、掛け金が何とも割高に思えてくるのだ。ライフネット生命保険社長の岩瀬大輔氏が書いた『がん保険のカラクリ』によれば、がんに特化した保険が普及しているのは日本と韓国、台湾だけだという。なんともガラパゴスな保険である。

もちろん、保険に入るかどうかはその人の考え方次第。ただし、そんな私も、健康診断だけは真面目に受けている。定期的に通うのが都内某病院の人間ドックだ。

実はこの病院では、「がんの発見法」を研究している。医師の目的は、できるだけ低額かつ効率の良い方法で、小さながんを発見すること。通常の病院とは異なり、受診者は「客」であると同時に「研究対象」でもある。そういう意味で信頼しているのだ。

私の親族だって、がん保険にお世話になった人はいる。その人は保険に大いに感謝をしていたし、私の祖母は保険のセールスレディをしていたから、リスクヘッジとしての保険についても心得ている。

もちろん、全ての保険に入るな、ということではない。どれだけテレビCMが流れていたとしても保険を選ぶ際は、種類はもちろん、自分の人生設計と照らし合わせて、じっくり検討する時間も必要だろう、ということである。

◇自分の顔をアンティークにしていく

よく「男の顔は履歴書、女の顔は請求書」と言われるが、私は「人の顔は鏡」ではないかと思っている。普段、どんな生活をしているかで顔立ちが決まるというわけだ。

たとえば、漁師の人たちは実に力強い顔つきをしている。自然という、一筋縄ではいかない手強い相手に対峙し続けているからに違いない。また、いい商品を作っているメーカーの人たちの顔は輝いている。誇り高い部品メーカーと付き合い、商品を喜んでくれる顧客と接しているからだろう。愛される店の店主にも同じことが言える。

そして、学校の先生はおしなべて実年齢より若い。自分より年下の人間と日々接することで、彼らの若さや表情の豊かさ、ひいては言葉遣いや行動までもが伝播しているのだと思う。先生と生徒の関係は、上司と部下のそれと違い、生徒の側に遠慮がない。その分、彼らの若さがまっすぐに伝わる。同窓会に出席し、同級生よりも担任の先生の方が若く見えて驚くことは少なくない。

しかし、自分の外見を環境のせいにばかりするのは手前勝手に過ぎるだろう。顔が鏡である以上は、自分で磨く必要がある。ただ古びるのを待つのではなく、アンティークになるよう、手を施すのだ。

無精髭は別として、若者の髭は鏡磨きの一種だと私はとらえている。若者が髭を生やすのは、少しでも年上に見られたい、少しでも年上と対等に渡り合いたいという背伸びする気持ちの表れだ。ただ、40代を終えるとその気持ちがなくなる。私自身がそうだが、50代となり、60代が近付くと、40代に見られたいという欲求が湧いてくるのだ。私と同年代の男性なら、共感する人も多いだろう。なぜ40代なのかと言えば、おそらく、その頃は仕事が一番楽しく、人付き合いにも忙しく、周囲から吸収することも多い時期だからに違いない。行く店、する遊びが40代に覚えたものばかりなのも、それが理由だろう。女性の多くが20代のままであろうとしているように見えるのとは対照的だ。

ともあれ、現在60代に入った私も40代の頃に近付こうと、打てる手は打っている。

たとえば、髪は床屋へ行くたびに黒く染めている。白髪が似合う人もいるのは承知しているが、私の場合、そうではない。鏡を見ていればよくわかる。しかも黒くは染めても茶色には染めない。眉が黒である以上、やはり髪は黒がいい。

また、髪は染める前に増やしてもいる。数年前、私の髪は今よりもずっと少なかった。当時の写真を見れば一目瞭然だ。その頃は白髪染めにも熱心ではなかったので、今よりかなり老いて見える。それに気付いたときほど、髪が少なくても格好いいショーン・コネリーをうらやましく思ったことはない。

由々しき事態に直面した私は、クリニックへ出掛けた。いい薬があるという情報を得ていたからだ。診察を受け、処方されたのは『プロペシア』という薬である。

これは、男性型脱毛症、通称ＡＧＡの治療に有効とされ「飲むハゲ治療薬」とも言われる、抜け毛、薄毛に悩む男性の救世主的存在だ。これを服用するようになって、私は明らかに髪が増えた。もちろん効果のほどは人それぞれだろうが、私には合っているようだ。

心配していた副作用はなく、むしろ肌のツヤが良くなった。さらに、日立製作所の『ハダクリエ』という名前の、電気シェーバーのような形をした肌を保湿する器具を使ってみたら、さらにツヤが増した気がする。結果として、髪と肌の相乗効果で、意図した以上に若返ったと自分では感じている。こういった思い込みもまた、若さを保つのに不可欠ではないだろうか。

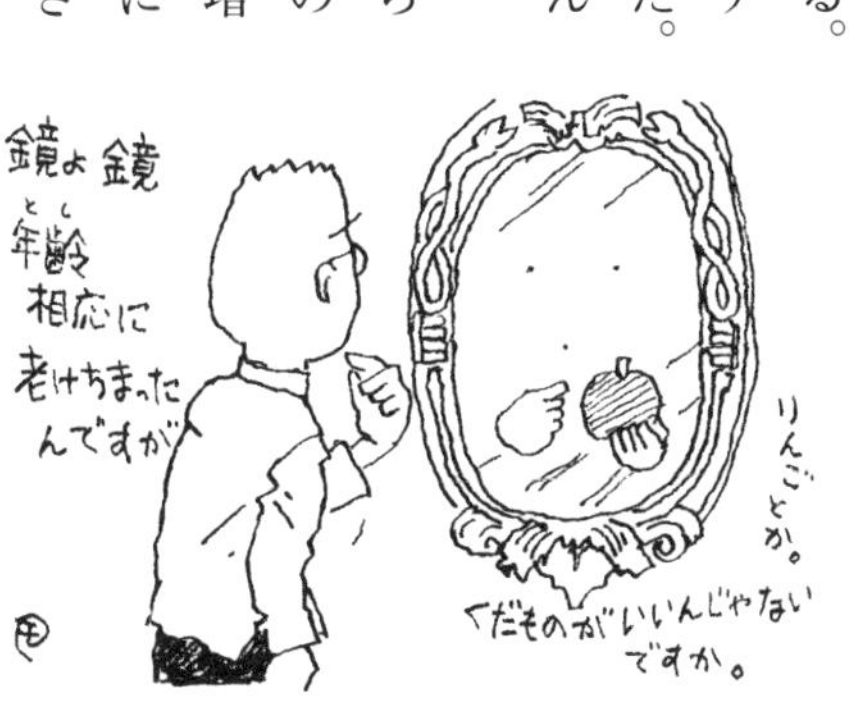

◇医者選びは普段から

2015年アメリカで「Eko Core」という革新的な聴診器の補助器が発売された。その革新性は聴診器が捉えた音をデジタル化するという、じつに単純なところにある。聴診器がフランスの医師ルネ・ラエンネックによって発明されたのは1816年。そのときからこれまでのちょうど200年の間、聴診器の構造にほとんど変化はなかった。

今回の革新によって医師は、聴診器で音を聞くだけではなく、波形として目で見ることができるようになる。さらに音のデータを心臓や呼吸器などの専門医に転送し、診断に協力してもらうことも可能だ。近い将来には人工知能の助けも借りて、聴診器によって分かることは増えていくだろう。

日本でこの革新的聴診器を使う医療機関が出てくれれば、私はそこで人間ドックを受けてみたい。

私は40歳になったころから、人間ドックを受診している。15年ほど前、小さな肺気腫が見つかった。医師からはタバコだけはやめなさいときつく言われ、その瞬間から今日まで、禁煙が続いている。治療方法のない疾患だといわれたが、今では不思議なことにその影は見えなくなっている。それ以来、人間ドックをより頻繁に受けるようになり、年中行事となった。現在、人間ドックは3カ所の医療機関を順繰りに巡っている。

1カ所目は国立がん研究センター。ここを選んでいる理由は二つある。がんの専門施設だから、CTスキャンや超音波検査の読影などにも専門性が発揮されるのではないかと期待していること。もう一つは、なにかの研究のお役に立てるのではないかということだ。先の肺気腫は国立がん研究センターで受けた人間ドックのCTスキャンで見つかった。

2カ所目は私とほぼ同い年の医師が開業しているクリニック。その医師は元々、大学病院の麻酔科の専門医だったから、いろいろな病気や手術を見ているに違いないと思っている。それ以上に加齢による心身の変化は医師自身も経験していることなので安心感もある。

3カ所目はその時々で選ぶ。友人から聞いた評判の良い診療所、ネットで調べた病院、雑誌広告などで見かけた専門施設などから、その年の人間ドックの場として選び出すのだ。選ぶ基準は、最新の検査機器を導入しているかどうかである。

治療のための医療機器はまさに日進月歩で進化している。これまでは先進医療であり健康保険適用外だった重粒子線治療に、一部のがん治療で保険が適用される動きが出てきているのもその表れだ。

余談になるが、重粒子線治療のための装置は建物を含めるとなんと100億円を超えるそうだ。

重粒子線治療のほかにも、内視鏡を使う開腹不要の手術を支援するロボットや、主に脳腫瘍の治療に使われるガンマナイフなど、いまや病院の中は一昔前のSFの世界のようになっている。その技術の進歩のおかげで、かつては発見が難しかった早期がんや血管の老化状況などが分かるようになったし、MRIを使って認知症の可能性の検査ができるようになった。

ところがこれらに比べると、人間ドックは医師による問診、触診や聴診で締めくくられることが多く、何年もの間、最新の機器が介在しないことを不思議に思っていた。そこへ登場したのが、デジタル化された聴診器。だからこれを使う医療施設で人間ドックを受けてみたい。

それは単に、新しい聴診器で診断してほしいからではない。

もし人間ドックの最後に、この聴診器を首にかけた医師が登場したら、その医療機関は最先端医療の導入に余念がないことを示す。昔から医は仁術と言われるが、最先端科学の現場でもあるのだ。

◇飲んで学ぶならおかまバーへ

酒を飲む場所に銀座を選ぶことは滅多にない。接待をしていた頃もそうだったし、今もそうだ。銀座には老舗のいいバーがあるのは知っていて、それに対する興味もあるのだが、どうもあの街には足が向かない。基本的に私は、ホステスと呼ばれる女性がいるクラブが苦手なのである。

私はかなりの人見知りで、初めて会った人と話をするのを苦痛と感じる方である。親しい人ともしばらく会わずにいると、距離感を取り戻すのに時間がかかる。仕事ならそこから逃げようとは思わないが、酒を飲むときくらいはその手の緊張からは遠ざかりたい。だから、入れ替わり立ち替わり現れるホステスの話し相手をしなくてはならない店へ行くと、いったい何をしに来たのだろうと急速に機嫌が悪くなる。

さらに、銀座のクラブのホステスの何割かは着物を着ている。それは別に構わないのだが、問題はアクセサリーだ。着物姿のホステスの中には、当たり前のように時計や指輪をしている人がいる。そんなものを身につけていたら着物が傷むだろうと、気が気でなくなってくる。時計や指輪の方が着物よりもずっと高価なのだろうが、であれば、その分の予算を着物に回した方がいいのではないかと思ってしまう。

京都の舞妓の日本髪は、地毛で結われている。カツラではない。強く引っ張って結い上げるので、髪が抜けてしまうこともあるそうだが、それでも彼女たちは常に美しい髪型を保っている。芸舞妓は夜の遅い仕事だが、朝は決して遅くない。お師匠さんのところへ出かけていって、立ち方（踊り）や地方《じかた》（唄や三味線）を習うからである。つまり、彼女たちは努力を重ねて芸を磨き、その成果を客に見せて酒を飲ませるプロフェッショナルだといえる。彼女たちの仕事ぶりに触れる度、私も頑張らなくてはと思う。

おかまバーで飲んだときもそう思う。おかまバーのスタッフもまた、客を楽しませることを徹底し、飲ませることに全身全霊をつぎ込んでいる。おねえ言葉でいじわるを言うのも、どんちゃん騒ぎをするのも、それそのものが芸である。だから私は、おかまバーでばかばかしい話をして飲んだ後もまた、頑張らなくてはと思うのだ。

さて、銀座のクラブに代表されるホステスだ。彼女たちも努力はしているに違いない。同伴相手を求めて電話をし、髪や化粧や衣装に細心の注意を払い、美を保つのは大変だろう。しかし、その努力は芸舞妓やおかまバーのスタッフの努力の前では色あせる。つまり、銀座のクラブのホステスは楽をして稼いでいるように映る。

だから私は、銀座で飲むのが嫌なのだ。ホステスに罪はないのだが、彼女たちを見ていると「ああ、こうやって楽をしても生きていけるのだな」と思い、私の頭の中で銀座のホステスが歩んでいるような、イージーな道を探したくなってしまう。堕落への道である。

若い男性にとって、銀座で飲むこと、行きつけの店を作ることは憧れなのかもしれない。しかし、そうするのは、ある程度年を取ってからのほうがいいと私は思う。その理由はこれまで書いてきたとおりだ。ハングリーに仕事をし、上を目指していきたいのなら、銀座のクラブへ行くべきではない。銀座へ行く時間とお金があるのなら、プロ集団が集うおかまバーへ足を運び、百戦錬磨のトークと硬

軟取り混ぜた営業を目の当たりにして自分の仕事の甘さを思い知り、翌日からの仕事に反映させるべきだ。そして大成し、楽に生きることができるようになってから、銀座へ繰り出せばいい。それからでも遅くはない。

◇投資は自分の好みでする

日銀総裁が年率2％のインフレを目指していたことは先刻ご承知の通りだ。目標は達成されなかったが円安効果や食糧資源の取り合いなどから、食品の値上がりが続いている。それがよい政策かどうかはともかく、もし年率2％のインフレが達成されたら、われわれの預貯金の価値が毎年目減りすることだけは確実である。だから、長期的な株式投資に私は賛成だ。

ではどういう企業の株を買えばいいかというと、ニュース性のある企業の株では決してない。たとえば日本人研究者のノーベル物理学賞受賞というニュースを受けて青色LED関連の株を買い、利益を出すのは難しい。そういった世界では、コンピュータで値動きを見て、秒を争って投資するその道のプロには勝てないからだ。だから、自分の好みや体験を基準に判断して投資するのが一番だ。

東京・東銀座にある歌舞伎座の家主は、東証2部に上場している株式会社歌舞伎座だ。舞台を興行主である松竹に貸し出すなどして収入を得ている。その歌舞伎座はご存じの通り、建て替えのため2010年4月に閉場し、13年3月に装いも新たに開場した。つまり約3年の間は、歌舞伎の公演がなく、その間、株式会社歌舞伎座の収入は激減した。

それに伴って株価も下がり、それまでは4000円前後で推移していたのが、閉場の1年後には3500円を下回ることも珍しくなくなった。コンピュータならここで損切りを判断したかも知れない。しかし、実際にはこれ幸いと歌舞伎座の株を買った人がいたはずだ。歌舞伎ファンである。単元株式数は1000株なので1株3500円としても350万円で、決して気軽な投資とは言えないが、筋金入りの歌舞伎ファンにとっては、株主優待の内容が魅力的だ。通常、歌舞伎座は株主優待として、1階席または2階席の招待券を用意している。

1000株を持っていれば、年間8枚の招待券が手に入る。これはおよそ14万円分の観劇料金に相当する（1階桟敷席の場合）。

ただ、建て替えの間は公演がなかったので、当然、招待券もない。そこで歌舞伎座は、舞台の檜板木片を贈呈し、さらに「歌舞伎俳優を囲む会」を開催。中村福助や今は亡き坂東三津五郎といった有名歌舞伎俳優の話を間近で聞ける機会を設けた。歌舞伎ファンがこの機会を逃すはずがなく、だから、この株価低迷の時期に歌舞伎座の株を買った人は少なくなかったと思う。閉場の間、株を売らなかった人たちには、新装歌舞伎座の柿落《こけら》とし記念式典への招待という超豪華な特典も付いた。

現在の歌舞伎座の株価は5000円前後（2016年2月）。3500円で買ったとすると、

1株当たり1500円、1000株換算で150万円上がったことになる。もっとも、歌舞伎ファンは年間8枚の招待券のために今後も株を手放さないだろうが、しかし、好きな会社がいい方へ変わろうとしているタイミングで買った株は、その後値上がりするという好例だと思う。

別の例も挙げてみよう。私はあるときパナソニックの株価はこれから上がると確信した。何年か前、ハードディスクレコーダーの買い換えを検討していた時期のことだ。それまで私が使っていたメーカーのものでは、予約録画に使う番組表の取得に時間がかかり、リモコンを持ったまま待たされることがしばしばあった。

そこで買い換えにあたって、家電量販店に出向き、ほかの機能には目もくれずに片っ端から番組表を表示させて比較し、そこで最もストレスを感じさせなかったものを選んだ。それがパナソニック製だったのだ。決して目立たないが、しかし、ユーザーの気持ちを汲み取った製品を作った同社から3年ぶりの最終黒字が発表されたのは、それからしばらくしてのことだった。

5　ビジネスヒントはここにある

◇プラモデル市場の潜在能力を見る

日本はこれからものづくり大国になっていくのではないか。製造業が盛り上がるという話ではない。これから定年退職する男性たちが、趣味として模型などを作りはじめるのではないかという意味だ。

先駆者たちはＹｏｕＴｕｂｅで見ることができる。ある男は小型ロケットを自作した。発射実験の様子を収めた動画は、これまでに１００万回以上再生されている。世界最小という、実際に動く12気筒エンジンの模型を自作した男もいる。これもまた大人気で、再生回数は約８００万回。

他にもラジコンの潜水艦を作ってプールで潜水させている人もいるし、模型甲ジェットエンジンを搭載したジャンボ機を自作して飛ばしている男もいる。

これらは極端な例としても、ロボット王国に住む日本人にとって、退職後にすべきことは、まさにロボットづくりかもしれない。

私は分冊百科で有名なデアゴスティーニ・ジャパンの「パーツ付き組み立てマガジン　週刊『ロビ』」を定期購読している。毎週、冊子と共にロボットのパーツが送られてきて、70週ですべてが揃うというものだ。実はこの「ロビ」は、再刊行版。２０１３年２月創刊のものが好評だったため、２０１４年２月に再登場した人気シリーズだ。価格はトータルで14万円ほどだろうか。キットを買ってきて作れば、もっと安く、しかも早くロボットを動かせるかもしれない。しかし、１年半ほど完成を夢見ることを楽しめるのも魅力だ。

プラモデルもまた、ブームになるに違いない。戦艦大和のプラモデルが発売されたのは、団塊の世代が小学校高学年の頃であり、多くの中高年世代にとって親しみがあるはずだ。そう仮説を立てた日から、私はプラモデルづくりを試してきた。退職後の趣味として楽しめるかどうかを、身をもって確かめたのである。結論は、絶対に流行る。

まず、プラモデルは単位時間当たりにかかるコストが低い。スタート時こそ、ピンセットやニッパー、エアブラシなどの初期投資が必要だが、かつてに比べると格段に安くなっているし、いったん揃えさえすれば、船や戦車などのキットは２０００円ほどで買える。完成までは10時間以上かかるはずだから、1時間当たりの遊び代は200円程度ですむことになる。映画鑑賞などに比べても、じつにお手頃な趣味なのだ。

子供の頃のプラモデルは嵌め合わせが悪く、塗料も劣悪だったため、出来栄えもよくなかった。しかし、今ではパーツが改良され、接着剤がはみ出してしまうようなことも少なくなった。塗料はそのキット専用のものが用意されている。思った通りに作れないからとイライラすることはなくなった。

精度が向上しただけでなく、よりリアルにもなっている。可動部が多くなり、ランプが点くなどは当たり前。本欄イラスト担当でその道の専門家であるモリナガ・ヨウ氏によれば、布の質感や人間の体などは、実際のものを3Dスキャンして再現されている。たしかに、タミヤから2014年に発売された『トヨタAB型フェートン』の幌部分の質感はとてもプラスチックとは思えない。幌のしわまで表現しており本物のようで、それ以前のプラモデルに対する感覚を変えたといえるだろう。

最後の問題は老眼をいかにクリアするかなのだが、プラモデラーとしても有名な石坂浩二さんがおススメするハズキルーペを買って驚いた。眼鏡の上からでも装着できるこのルーペは、たしかに、歪

みが少なく視界が広い。昔のルーペとは段違いなのだ。これで子供の頃の目を取り戻せる。そのうえ、手先は子供の頃より器用になっている。

コスト、精度、品質、ルーペ、器用になった指先と、子供の頃の思い出。これだけの条件が揃っていて流行らないはずがない。これからはプラモデル市場が伸びる。

◇英語より歌舞伎を学ぶ

昨今はグローバルカンパニーなるものを目指して、社内公用語を英語にする会社があるようだが、笑止千万というほかない。仮にグローバル企業で働いていても、日本国内であれば、日本語でビジネスを進める方がはるかに効率が良い。ところで、外国人ビジネスパーソンとの関係を深めたいのであれば、英会話教室に通うよりも先にすることがある。それは、歌舞伎見物を習慣にすることだ。

日本で仕事をする、または日本企業とビジネスをする外国人の多くは、日本の伝統に興味を持っている。彼らは、スシやラーメン、アサクサやゲイシャだけではない日本独自の文化を知りたいと思っているのだ。

そういった彼らに、日本で400年以上続く伝統芸能であり、ユネスコによって無形文化遺産に登録された歌舞伎について聞かれたとき、しっかりと説明できるか。英語はできても歌舞伎がわからない人間ではなく、英語は多少苦手でも歌舞伎に精通した人間であることの方が重要だ。そもそも、英会話が苦手な日本人の大半は、文法や語彙といった会話のための道具に問題があるのではなく、外国人と話すのにふさわしい話題を持っていないだけなのだ。私はNHK出版から『ビジネスマンへの歌舞伎案内』という新書を上梓している。そこでも、英語よりも歌舞伎を学べと繰り返し書いた。

ただ、歌舞伎は同じく伝統的という言葉で括られる落語や大相撲に比べると、難しいという印象が否めないのも事実。しかし、そう感じるのは「歌舞伎を学ぼう」という姿勢になっているからではないか。

落語を聞くときに、あらかじめその噺の背景や噺家の生い立ちなどを調べるという人はあまりいないだろう。そもそも、どんな噺が演じられるかは、事前にはわからないことも多い。それでも聞けば十分に楽しめる。

大相撲もそうだ。師弟関係や所属する部屋、決まり手などを知らなくても、ただ見ているだけで迫力が感じられるし、上手い下手もなんとなくわかる。

そして落語も大相撲も、面白がっているうちに、夏の噺に『青菜』や『船徳』、冬の噺に『芝浜』や『二番煎じ』があることがわかってくるし、次は誰が横綱に昇進しそうなのかも読めてくる。つまり、詳しくなっていく。

歌舞伎もこれでいいのだ。凄いとかきれいだとか思って見ていれば、自然と面白くなり、知識もついてくる。

そうなったらしめたもので、取引先の外国人を歌舞伎見物に招待するという接待を突然、任されても、恐れずに受けることができる。

それに、仕事を引退した後も続けて楽しめる。まず、歌舞伎は同じ演目を何度見ても、そのたびに楽しめるようにできている。役者が変われば舞台の印象も変わり、同じ役者でも、年を経れば立ち居振る舞いに深みが生まれる。その変化が面白い。こういったことを楽しめるのは、何度も見るからにほかならない。特に幼い役者の成長の過程を眺めていると、歴史に立ち会う喜びを感じられる。

そして、何より歌舞伎がなくなることはない。４００年続いた歌舞伎が私より先に息絶えることは考えにくいので、趣味として長く続けられる。

だから、生涯を通じて歌舞伎について外国人と話す機会がなくても、歌舞伎に親しんでおくべきだと私は思う。仮に、英会話を一生懸命勉強したにもかかわらず、外国人とほとんど会話をすることなく生涯を終えるとなったら、習得に費やした時間やお金のことを思って後悔するに違いない。しかし、歌舞伎見物に関してはそれがない。劇場に通うことそのものが楽しいからだ。そのうえ仕事にも役

立つのだから、まったくもって儲けモノである。

◇京都に進取の気性を見る

北海道で生まれ、人生の3分の2を東京で過ごしている私だが、京都の街が好きだ。札幌に比べるとコンパクトで、東京都心と違って坂や斜めに走る道が少ない。これといった目的なくぶらぶらと散策するにしても、客人を案内するにしても、まことに都合良くできている。歴史ある、世界遺産に登録されているような神社仏閣は、見る度に素晴らしいと思う。

京都での私のお気に入りの場所を挙げるとすると、まずは愛宕《おたぎ》念仏寺だ。同じ念仏寺でもどこかもの悲しい化野《あだしの》念仏寺のほうが有名だが、愛宕念仏寺はそれよりも少し北に上がったところに位置する、通称・千二百羅漢の寺である。

この寺の見どころは、その名の通り、1200体に上る石像、石造りの羅漢である。山の斜面に並ぶ羅漢には、いわゆるお地蔵さん然としたものもあれば、本を読んでいたり、大きく口を開いて笑っているものなど様々。子供を抱いているかと思えば、猫と遊んでいたり、カメラを持っていたり、はたまた酒をついでいるものなど、一体一体を見ていて、飽きることがない。羅漢の連なりは、春夏は緑に、秋は紅葉に、冬は雪と寒さに実に映える。

聞くところによるとこの寺は8世紀から続いているが、今日に至るまでには苦労も多々あったようで、20世紀半ばにはすっかり境内は荒れ果てていたという。そこへ派遣されてきたのが仏師であり僧侶の西村公朝さんであった。西村氏は寺の復興に力を注ぎ、あるユニークな試みを始めた。それが、羅漢の石像づくりだ。ただ、彫るのは西村さんではなく、有志の素人。1981年に始まったこのプロジェクトは、10年をかけて目標である1200体が完成したことで幕を閉じた。居並ぶ羅漢が多彩な格好をしているのは、彫った人たちそれぞれの思いが形になっているからだ。

もし、私がこの募集を事前に知っていたなら、何をさておいても馳せ参じた。何しろ1200年の歴史を持つお寺に、自分の彫った石像を置いてもらえるのだ。今の時代、3代も経ると先祖の名前は忘れられ、家も取り壊されるはずだ。しかし、このお寺の石像だけは1200年後も存在するかもしれない。21世紀を生きた人間の存在証明のようなものなのだ。

もう1カ所、お気に入りの場所がある。琵琶湖疏水を活用した舟運の一部を担う傾斜鉄道・インクラインの跡地だ。

インクラインとは舟を台車に乗せて、急勾配を上り下りするもので、すでに運行は終わっているが、水路閣で知られる南禅寺のそば、市営地下鉄東西線蹴上駅近くに残るレールと台車に、今もその名残を見ることができる。

琵琶湖疏水の建設が始まったのは19世紀も終わりが近付いてきた1885年、インクラインが使われ始めたのは1891年である。運行に使う電力は、日本初の事業用水力発電所となった蹴上発電所で賄った。見れば見るほど、先達たちの知恵と努力、そして、琵琶湖の標高の高さを思わずにいられない。

日本で義務教育を受けた人なら誰もが知るように、京都は794年に平安京が開かれた、歴史の古い街だ。京都の人が「先の大戦」と言えばそれは太平洋戦争ではなく応仁の乱のことだという都市伝説は、高い信憑性でもって語られている。しかし、そのいにしえの都市にも、19世紀や20世紀、つまりほんの最近、新たな試みをした人たちがいたことを、愛宕念仏寺やインクラインは教えてくれる。この進取の気性に富む様は、ビジネス界で京都系と言われる京セラや堀場製作所、村田製作所や日本電産の存在と無関係ではないと私は思う。古都へ出掛けたなら、あえて新しい場所を探し、歩いてみる。それも旅の一興ではなかろうか。

◇巨大かつ精密なものを見る

本屋巡りをしていると、平台の様子が以前と変わっている。山と積まれていた嫌韓・反中の本が店頭から奥の方へ移動し始めたのだ。あれほど盛り上がっていた韓流ドラマも地上波からは消えつつあるようだ。まさに、仏頂面で日本に対峙する中国や、従軍慰安婦問題一辺倒だった韓国と対話をするために、わざわざ日本が同じ土俵に立つ必要はないと人々は気付き始めたのかもしれない。事実、日本には隣人たちにはないものがあり、それにより圧倒的優位に立っている。

日本にはあって、隣人たちにはないもの。それは基礎科学と技術基盤だ。最近は韓国にサムスン、中国にハイアール、台湾にホンハイなど、有名電機メーカーが誕生し、その名をグローバルにとどろかせてはいるが、製品を支える根幹の部分は彼らが独自に開発したものではない。半導体製造装置メーカーの世界トップ10には、中国や韓国のメーカーは1社も入っていない。これは、不十分な基礎工事の上に楼閣を築いているようなものだ。

日本はこれまでに優れた科学技術を生み出してきた。物理学、化学、医学・生理学の自然科学系分野における日本人ノーベル賞受賞者は、これまでに21名（受賞時に米国籍取得者を含む）にのぼる。片や中国はゼロ、韓国もゼロ、台湾は1名である。

21名の日本人受賞者のうち、江崎玲於奈さん（1973年物理学賞）、田中耕一さん（2002年化学賞）、中村修二さん（14年物理学賞）はそれぞれ、ソニー、島津製作所、日亜化学という民間企業在籍時の功績が表彰の理由になっていることが、大いに注目に値する。この事実は、日本には大学だけでなく、民間企業にも、世界をリードする科学技術を育てる力と心意気があることを示しているからだ。

私はマイクロソフトという外資系ＩＴ企業に勤務していたときから、取引先を通じて日本企業の持つ底力をありありと感じていた。しかしながら彼らは、それは先輩たちの努力の積み重ねでつくり上げてきたものであり、また、一般には理解されないからと、時代におもねることなくひたすら地道に仕事をしているように見えた。マイクロソフトを退社し、自分の時間を十分に持てるようになった私は、そういった企業の現場をこの目で見てみたいと考えていた。

そこに声をかけてくれたのが「週刊東洋経済」で、世界に誇れる日本の技術の現場を見に行くという連載企画が誕生した。北は苫小牧から南は長崎まで、さらにはフランスとスイスの国境にまで足を運んだ。そしてその連載に大幅に加筆修正したものを新潮社から『メガ！　巨大技術の現場へ、ゴー』というタイトルで刊行した（2015年2月）。

今振り返っても、取材は驚きの連続だった。興味本位で訪れた技術の現場はどこも、私が本やネットで予習していたよりも遥かに巨大、かつ繊細であったからだ。大きなものに触れると普段の自分の生活範囲の狭さを感じ、細やかなものに触れると、普段どれだけ多くの物を見過ごしているかを考えさせられた。そして、何を見ても何を説明されても、ただただ圧倒されるばかりで、取材現場を辞去するころには「なぜ私はこういった心躍る現場での仕事を選ばなかったのだろう」と、マイクロソフト時代がそれなりに面白かったにもかかわらず、後悔の念に苛《さいな》まれるほどだった。

私にそう思わせた現場のひとつが、世田谷区との境界に近い東京都目黒区にある。コロッセオのような外観が地上での目印になっている大橋ジャンクションだ。

地下にあるトンネル内で、首都高速道路3号渋谷線への連結路と中央環状線（品川線）の分合流が行われるのだが、そのトンネルは「非開削切り開き工法」で建設された。これほどの規模の工事でこの工法が採用されたのは、世界初である。

地上から長い〝堀〟を作り、屋根をかぶせてトンネルにする「開削」工法に対し、天井部分を開削せずに地下に機材を降ろし、そこからトンネルを掘り進める工法が「非開削」だ。つづく「切り開き」という言葉は、地下に掘ったトンネルの一部分を、魚の腹の如く切り開き、至近距離にあるもう一本のトンネルと腹同士をくっつけて、双頭双尾の魚のようなトンネルをつくることを指す。具体的には、長さ8・4キロのうち、250メートルを切り開いてくっつけている。

2本のトンネルを切り開き、くっつけた位置の誤差はミリ単位だったという。8キロ以上掘ってわずか数ミリの誤差なのだから、その精密さには驚くしかない。しかし、もっと驚かされたのは、現場で工事をしている人たちがこの誤差を、誇らしく思うどころか、もっと減らすべきものとして捉えているという事実だった。トンネル工事に代表される土木に対しては、巨大というイメージばかり持っていたが、実態は精密なのである。この事実を知って、私は「精密土木」という言葉をつくってみたが、ほどなくして、それは土木だけではないと思い知らされた。

窯業《ようぎょう》もまた、精密であった。窯業とは、陶磁器やセメント、煉瓦などの製造業の総称で、そこにはガラスづくりも含まれる。窓や瓶などさまざまな用途に使われるガラスのうち、精密窯業と呼べそうなのは、用途が特殊な、その名も特殊ガラスづくりの現場である。

神奈川県相模原市に、オハラという会社がある。この名前にピンと来た人は、相当なカメラ通ではないか。同社はカメラのレンズに用いるガラスで高いシェアを持っているだけでなく、世界最大級の天体望遠鏡に使われるガラスの製造も手がけているのだ。

このガラスのどこが特殊かというと、伸縮度だ。ガラスは鉄などの物質と同様、本来伸び縮みする素材であり、温度が上がれば伸び、下がれば縮む。しかしそれでは、屋外で行う天体観測には不都合である。

そこでオハラは、温度が上がってもほとんど伸びないガラスを開発した。厚さが1万メートルのガラスの場合、窓などに使われる板ガラスは温度が1度上がると90センチ伸びるが、そのガラスは同じ条件下で、たったの０・２ミリ伸びるかどうかという程度なのだ。

この伸びなすぎるガラスは、現在、ハワイのマウナケア山頂で建設が進んでいる望遠鏡「ＴＭＴ」の主鏡への採用が決まっている。ＴＭＴとはサーティ・メーター・テレスコープ、要するに、主鏡の口径が30メートルに達する望遠鏡だ。現在、１２９億１０００万光年という天体観測史上最遠銀河の発見記録を持つすばる望遠鏡の主鏡の口径が８・２メートルだから、直径にして約4倍、面積にすると13倍以上にもなる。

このＴＭＴはすばる望遠鏡より6億光年先、つまり、１３５億光年くらい先にある天体までとらえることが期待されている。全人類共通の謎、「宇宙の果てはどうなっているのか」を解き明かす技術の基礎の部分を、日本の、知る人ぞ知る精密窯業企業が担っているのである。なんと夢のある話だろう。

◇ニッチを攻める

夢があるといえば、静岡県に拠点を置く光技術の会社、浜松ホトニクスの進めている核融合発電にもまた、壮大な夢がある。

同社は、ニュートリノの観測でノーベル物理学賞を受賞した小柴昌俊さんが建造した、大型実験装置カミオカンデの光電子増倍管という部品をつくったことで知られている。だが、私が茨城県つくば市にある高エネルギー加速器研究機構（ＫＥＫ）の研究施設を見学したときも、フランスとスイスの国境にある欧州原子核研究機構（ＣＥＲＮ）を訪れたときも、必ず浜ホトの名を聞いたし、浜ホトのロゴの入った装置を目撃した。あまりに耳にし目にするので、研究者たちに、なぜ浜ホトのものばかりなのかと尋ねてみると、「世界中どこを探しても、浜ホト以外にはつくれないから」という極めてシンプルな答えが返ってきた。

その浜ホトが、夢の発電と言われる核融合発電の技術開発を、分厚い壁に囲まれた実験室で進めている。

核融合とは、太陽の内部で繰り返されている現象で、2個の水素原子核が合体して1個のヘリウム原子核に変換され、そのとき大量のエネルギーが放出されるというものだ。現在の核分裂型原子力発電と比べて制御しやすく、核廃棄物もほとんど発生しないため、実現すればエネルギー問題や地球温暖化問題を解決できると期待されている。

ただし、太陽の内部では当たり前の現象も、人工的に起こすのは大変難しい。用いるのは重水素という安全で比較的手に入りやすい物質なのだが、その物質同士を超高速で衝突させる必要があるのだ。では、重水素なるものを、どうやって衝突させるのか。現在、研究が行われているのは、大きく分けると、超高温にして磁気で閉じ込める方式と、レーザー光を使って一気に圧縮させる方式があり、浜ホトは後者の実用化実験に使われるレーザー装置や燃料の開発で世界をリードしている。

使われているのは固体レーザーと呼ばれるタイプで、浜ホトは、それにパワーを与える超高出力半導体レーザーの開発で一日の長がある。核融合は、米ロッキード・マーティン社が2014年10月に「10年以内に小型の核融合炉を実用化できる」と発表するなど、話題になることが増えてきた。だが、浜ホトは、ハイパワーの半導体レーザーの実用化は難しいのではと言われていた時代から、レーザー核融合を見据えた研究開発を進めてきたのだ。

ロッキード社に触れたところで、アメリカの新エネルギー企業の話題に少し付き合ってほしい。

ほかにも次世代のエネルギーに取り組んでいる企業がある。テラパワー、そして、トライアルファ・エナジーだ。テラパワーは次世代原子炉の開発を行っており、トライアルファ・エナジーは核融合技術の開発を進めている。

実は、テラパワーにはビル・ゲイツが、トライアルファ・エナジーにはポール・アレンが、それぞれ出資している。ビルとポールは、米マイクロソフトの共同創業者だ。

なぜソフトウェア畑を歩んできたビルとポールが今、次世代エネルギーに注目しているのか。もちろん、それがビジネスとして有望でもあるからだろうが、私には、もう一つ理由があるように思える。

マイクロソフトは、シリコンバレーで設立された数年後、Windows誕生以前の段階で、日本とヨーロッパに拠点を構えていた。最初から地球規模、今でいうグローバル展開を見据えていたのだ。当時は小さな会社でも、小さいまま留まることなど考えてもいなかった。創業者の野心には子供の頃の原体験が大きく影響しているのではないかと私は思う。

ビルは私と同じ1955年生まれ、ポールは2歳年上の53年生まれである。だから少年時代に、人類が月に降り立つ様をテレビで見ていた。当時、自分が将来どんな仕事に就くかは想像できていなかったが、画面に釘付けになりながら、こんな風にスケールの大きなことをしてみたいとは強く思っていた。

翻って日本の若いベンチャー経営者は、ほとんどが小さくまとまっている。これはおそらく、子供の頃から、手元で大半のことが済むデジタル化された世界しか見てきていないからではないか。デジタル世代の起業家の多くには、小さな成功への憧れはあっても、壮大なことにチャレンジする発想がないように思えてならない。NASAが自前のロケット発射を休止している今こそ、我々は外へ出て、自らスケールの大きなもの、巨大かつ繊細なものに触れる必要があると私は思う。

もちろん、チャレンジ精神という「思い」だけでは、核融合発電のような、いつ実用化されるかわからないものに取り組み続けることはできない。それを支える環境が整っている必要がある。環境とは、潤沢な研究資金や最新鋭の設備だけではない。研究を続けさせる、つまり、優秀な科学者や技術者を惹きつける経営者の存在もまた、欠かせない。

ところが、現在の日本に跋扈する成果主義は、実用化の目処のたたない研究開発の存続を許さない。明日の株価や四半期後の決算のような目先の数字を重視すればするほど、開発に長い時間が必要で、しかし、実現したときに大きなインパクトをもたらす技術は育てられない。このことは、浜ホトで「うちは完全に年功序列なんです」と聞いたときに確信した。研究者も技術者も人である。自分の雇用が守られていることを実感できなければ、日々、無理難題に取り組めるはずがない。日本企業の宿痾《しゅくあ》と見られがちな年功序列・終身雇用は、科学技術の基礎を養う上で、極めて有効な制度だったといえる。

そして、ユニークな科学技術を育てられる企業には、もうひとつ特徴がある。それは、平均から逸脱していることだ。他社がやらないことをやる、大多数と違うことを選ぶ。ノーベル物理学賞受賞者も異口同音にそう言うが、浜ホトの歩んで来た道も独自の道だし、ガラスのオハラも、窓などに大量に使われる板ガラスではなく、特殊ガラスを主戦場としている。首都高速の地下トンネル工事現場でも、世界初、つまり、これまで世界が避けてきた難しい工法を選んでいる。このニッチを攻める姿勢も、日本を科学技術立国として成長させてきた要因であると私は思う。

最近は、中韓批判と同じくらい、日本の将来を悲観する声が聞こえてくる。少子高齢化や人口減は、確かに起きていることだ。しかし、科学技術には、そういった負の面を乗り越える力がある。若者の数が減っても、それをものともしない発展を国にもたらすことができる。だから、この国の行く先を憂える時間があるのなら、精密土木や精密窯業といった技術そのものや、それを支える企業を応援した方がいいのではないか。

科学技術を伸ばすことが、唯一、日本が世界で生き残る術《すべ》といえるかもしれない。だから私は技術の輝きを見るために、今日も汗を流している現場へと向かうのだ。

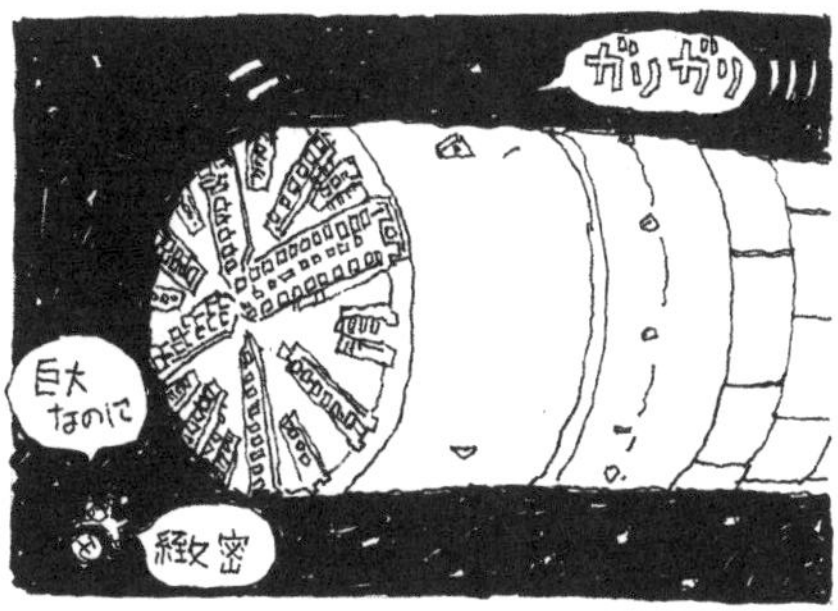

◇ネットワーク効果を活用する

数あるベンチャー企業の一つに過ぎなかったマイクロソフトが成長した理由は、今から遡って分析すればいくつでも挙げることができる。それらのうち、最大の理由はネットワーク効果を利用できたことだと私は思っている。

ネットワーク効果を説明するのに最適な例はアメリカの電話網だろう。今はそのようなことはなくなったが、かつては、同じ電話会社に加入している人同士しか通話ができなかった。なので、より多くの人と話したいと思ったなら、多くの人が加入している電話会社に自分も加入することになる。利用者数の多い電話会社は、労せずして加入者を増やせるのだ。こうして大きくなったのがかつてのＡＴ＆Ｔで、大きくなりすぎた結果、１９８４年に会社分割されている。

マイクロソフトも同じようにして大きくなった。

現在、仕事でパソコンに触れている人のうち、ワードもエクセルも使ったことがないという人はほとんどいないだろう。自分から積極的にワードやエクセルを選ばなくても、メールに添付されてくる文書ファイルはワードでつくられたものだし、さまざまなウェブサイトで公開されている図表はエクセルでつくられたものである。それらのファイルを見たり、加工したりしたければ、自分自身もワードやエクセルを持たなくてはならない。

これは、ワードやエクセルでつくったファイルを無料で、別のワードやエクセルのユーザーに配布できるようにした結果である。もし、マイクロソフトがユーザーに対して、同社のソフトでつくったファイルを無償交換してはならないと決めていたら、今日のような普及はなかったはずだ。

こういったネットワーク効果を利用して現在、成長しているのが、無料通話アプリやＳＮＳである。具体的には、ＬＩＮＥやフェイスブック、ツイッターが挙げられる。ユーザーが増えれば増えるほど、より多くの人とコミュニケーションを取りたい人たちの加入が見込まれる。ただし、ネットワーク効果で築いた優位性は、あるときから熾烈な競争にさらされる。ユーザー数が飽和し、どのアプリやサービスを使っても、誰とでもコミュニケーションが取れるようになると、あとは価格や使い勝手、そして、そのアプリやサービスならではのコンテンツの勝負になるからだ。

さて、世の中を見渡してみると、魅力的なコンテンツを持っているにもかかわらず、ネットワーク効果を活用し切れていない業種や業態が目に付く。もし私がソニーのハードディスクレコーダー部門の担当者なら、買った人には、ソニー・ピクチャーズの映画データを安価で販売し、その映像なりメイキングムービーを、パソコンや

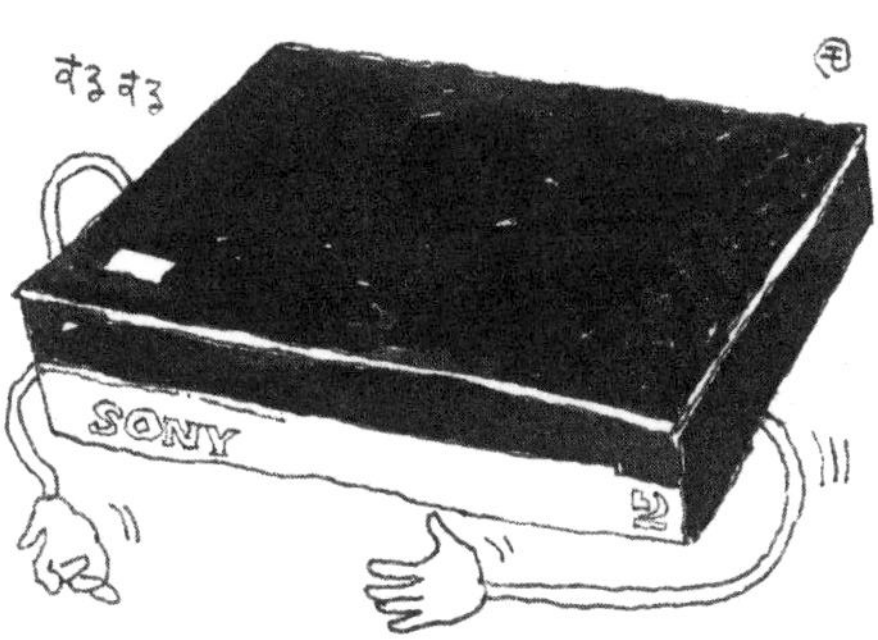

スマホなどのデジタル機器を通じて、購入者が他人に無料で貸せるようにする。ただし、貸せる相手は、同じくソニーのハードディスクレコーダーを持っている人だけに限定。ＤＶＤなどのディスクではできない管理も、デジタルデータなら容易なはずだ。

こうすると、ソニーのハードディスクレコーダーを買った人は、映像データを貸し借りするようになり、その輪に加わりたい人は、ソニーが多額の宣伝広告費をかけなくても、同社のレコーダーを買うようになる。

マイクロソフトのワードが普及していったのと同じように、ソニーのハードディスクレコーダーは世界中で大きなシェアを取ることになるだろう。中にはソニー・ピクチャーズのファンになって、映画館へ足を運ぶ人も出てくるかもしれない。新たなビジネスチャンスはいくらでもあるのだ。

◇「ストレートニュース」の価値を知る

先日、新聞を読むのを止めた。日経新聞だけは最後まで購読していたが、それも電子版を割安に読むためだけの措置だった。最近は、その電子版すら読まなくなっていることに気がついて、解約に至った。古紙を処分する必要がなくなり、生活は快適である。

日経に限った話ではないが、明らかに新聞の電子版はつまらなくなっている。世の中は相変わらず面白いのに、新聞だけが面白くなくなっているのだ。その理由は、電子版からニュースが減ったことだと私は思っている。減ったニュースの代わりに増えたのがコラムだ。記者や論説委員によるコメントや、ニュース性の感じられないコラムが幅をきかせている。

これは新聞のテレビ化と言えるかもしれない。テレビのニュース番組も、ニュースそのものを伝えるより、キャスターやコメンテーターによる感想や意見めいたものを放送する時間の方が長いのではないかと思えてならない。

新聞のテレビ化という現象はアメリカでも起きている。ニューヨーク・タイムズもニュース紙というよりオピニオン紙のようだ。一方、ＣＮＮやＦＯＸがニュースを伝える様は、アメリカ政府の報道部門かと見まがうほどで、この点は、日本と正反対である。アメリカ人が、偏向していないニュース番組を見たければ、アルジャジーラの英語版に頼るしかないような状況なのだ。

一時期、ニュース解説へのニーズが高まった時期があったのは確かだ。そのニュースの意味や価値を、読者や視聴者が求めていた時代があったのである。

しかし今、ニュースの背景を知りたければ簡単に調べられるようになったし、対する感想や意見を述べることは、メディアにいる人間でなくとも、誰もができるようになった。もちろん、インターネット、そしてＳＮＳの普及によって、だ。

今や読者や視聴者は、ニュースに対するコメントを求めているのではなく、自らコメントしたいのだ。つまり、自分がコメントしたくなるような、いつどこでなにが起きたかを端的に伝えてくれるストレートニュースを欲しているのである。ストレートニュースの価値が、相対的に上がっていると言っていい。だからニュース解説は、素人ではとてもできないところまで掘り下げ、かつ易しく伝えることに長けている池上彰さんあたりに任せておけばいいと思う。そして、コラムは雑誌に任せる。新聞やニュース番組での中途半端な解説は、見たくも聞きたくもない。

ネットでもそうだ。最近、東洋経済新報社が運営するビジネス系のニュースサイト『東洋経済オンライン』が絶好調だという。ページビューは月間で2億に達する勢いで、他のビジネス系ニュースサイトの追随を許さない状況になっている。東洋経済オンラインは2014年秋頃から、掲載する記事の選択基準を変えた。すなわち、ストレートニュースを増やしたのである。ほかにも施策は打っているようだが、求められているニュースを強化したことが、功を奏していることは間違いないだろう。

新聞社は、人口減に伴う購読者減に苦しみ、有料電子版事業の安定化に腐心している。であれば、ストレートニュースに特化したサイトをつくればいい。新聞は、どれを読んでも同じと言われることを嫌ってか、個性を出そうとし過ぎた結果がこの現状であることを認識すべきではないか。

これからは逆張りで、個性を消すという個性を発揮してはどうか。

個性を消せば消すほど、プロの取材力や文章力も引き立つというものだ。そういう新聞が誕生したら、私も定期購読を再開するかもしれない。

◇コンビニの色を観察する

シーナ・アイエンガーの『選択の科学』（櫻井祐子訳　文藝春秋刊）で描かれているエピソードのうち、最も有名なのはジャムにまつわる実験の話だろう。スーパーに24種類のジャムを並べた場合と6種類のジャムを並べた場合とでは、後者の方が売上げが10倍多かった。つまり、人間は選択肢が多すぎると選ぶことを放棄し、買わなくなるというものだ。

しかし、だからといって選択肢をなくしてしまっていいのかというと、そうではないだろう。コンビニの棚を見る度につくづく思う。なぜコンビニは、私に商品を選ばせ、買わせてくれないのかと。

最近のコンビニからは色が減っている。1店舗あたり3000とも4000とも言われる商品の中で、プライベートブランド商品が幅を利かせているからだ。

メーカーではなく小売店や卸業者が企画したプライベートブランドの商品は、カップ麺もスナック菓子も飲料も、低価格、すなわち安っぽさをイメージさせる色数の少ないデザインに身を包んでいて、確かに安い。そのあおりで、工夫を凝らしたパッケージに包まれた、メーカーの個性が打ち出された商品が棚で存在感を失いつつある。だから、どの店へ行っても同じものがあることに安心する以上に「またこれか」と嘆息してしまう。そもそも、そこにあることで安心感をもたらす商品とは、日清食品のカップヌードルやカルビーのポテトチップスなど、消費者が選び愛している定番であって、流通側の都合で選ばれたものではないはずだ。

2015年4月、流通大手イオンがプライベートブランド商品を年度中に4割近く削減すると報じられた。6000超にもなっていたアイテムを整理するそうだ。ここまで数が増えたのは、プライベートブランド商品がドル箱だったからだろう。ところがイオンの総合スーパー事業は2015年2月期に初めて営業赤字に転じた。この業績にはダイエーを完全子会社化したこと、そして、プライベートブランド拡充過多の影響が大きいと考えていただけに、4割削減の報道には驚かなかった。このままプライベートブランドの比率を上げていくと、一時的には利益が上がっても、最終的には顧客離れを起こすだろうと思って見ていたのである。総合スーパーの店舗と駐車場がいくら広くても、品揃えがコンビニ化していってしまっては、この点でコンビニと比べての優位性がなくなるからだ。

ところで鹿児島にA-Zスーパーセンターという大型小売店がある。マキオという会社が経営しているこのスーパーは3店舗すべてが売場面積1万平方メートルを超える広さで、かつ、品揃えが多い。食品、雑貨、衣料品は当たり前、農機具や自動車も扱っており、計38万点以上のアイテムを24時間営業、年中無休で販売している。いずれの店舗でも1000台以上を受け入れられる駐車場を備え、過疎地域でも商圏を広く確保できているのも特徴だ。プライベートブランド商品が幅を利かせるコンビニとは真逆の路線を突き進んでいて、それが支持されているのである。

総合スーパーの活路はここにしかないのではないか。まず、品揃えを元に戻し、そして増やしていく。例えばレトルトカレーなら、１００円を切るものから１５００円を超えるようなものまでをラインナップし、プライベートブランド商品はそのうちのひとつとして扱う。

冒頭のジャムの実験には、こんなエピソードもある。売上げ成績は24種類のときよりも6種類のときの方が多かったが、試食をした客の数は、6種類よりも24種類のときの方が多かったのである。人の関心を引きたければ、品揃えは豊富にすべきなのだ。

◇コンビニは人材の宝庫である

自宅の最寄りのコンビニは、残念なことにかなり狭い。なので、買い物に行ってもあまり楽しくなく、必要なものを買ったらすぐに退店する。ところが、隣駅の近くにあるコンビニは、最寄りの店と同じチェーンとは思えないほど広く品揃えも豊富なため、眺めているとあれもこれも欲しくなり、しまいには何を買いに来たかを忘れてしまうほど魅力的だ。

忘れると言えば、我を忘れさせるのが都内でも屈指のオフィス街にあるビルの一角を占めるコンビニでの光景だ。昼時、この近くを通りかかったら、私は様子を見に行くことにしている。昼休みの間、複数あるレジの前には弁当などを求めるビジネスパーソンの長い列ができるのだが、レジの係員がその長蛇の列に果敢に挑んでいる様が圧巻なのである。

バーコードを読み取り、弁当をレンジで温め、会計をし、おつりを渡し、袋詰めをしたら次の客を迎える。この一連の流れは、見ているとほれぼれし、まさに眼福。中には、会計をしながら次の客が手に何を持っているのかを確認し頭の中で計算しているのではないかと思わせるほどの神業を見せる店員もいる。

今、外国人には、新幹線の車内清掃員のスピーディな仕事ぶりが高く評価されているようだが、ぜひ昼時のオフィス街のコンビニのレジにも注目してほしい。実にアメイジングである。

昼時のオフィス街以外であっても、コンビニの店員ほど多種多様なタスクをこなしている労働者はいないのではないかと私は思う。

レジ打ちや品出しは当たり前、商品の発注や賞味期限が過ぎた食品の廃棄もするし、宅配便を受け付け、チケットを発券し、公共料金の支払いに応じたかと思うとアマゾンでの買い物の店頭引き渡しに対応し、電子マネーでの支払いにも眉ひとつ動かさず、ポケモンカードや iTunes

Cardを売り、客のポイントカードの所持を尋ね、酒やタバコを売るときには年齢確認をし、雨が降れば傘を目立つところに並べ、日本人だけでなく中国人、韓国人や欧米人とも意思の疎通を図り、おでんにつゆを足しコーヒーサーバーの周りを掃除し、ついにこちらに背を向けたかと思うと、静かにコロッケを揚げている。そのうち寿司でも握りだすのではないかとワクワクしながら見ているのだが、今のところそれは観測できていない。

マイクロソフト時代、社内の営業担当者にはディズニーランドでのアルバイトを経験した者が多かった。それを理由に採用したわけではなく、採用してみたら経験者が多かったのである。考えてみると、それは自然なことだ。元々、人と接するのが好きでなければディズニーランドでアルバイトをしようとは思わないだろうし、その資質の持ち主に対してディズニー流の教育を施すのだから、人当たりが良くて情報管理もしっかりできる優秀な人材を輩出するのは当たり前の話だ。

では、これからの人材はどこに探すべきかというと、コンビニだと思う。本書連載時の担当編集者はコンビニのアルバイトの面接に3度落ちたことがあるそうだが、それはさておき、コンビニの店員は誰にでも務まるものではない。マルチタスクをこなせるスーパージェネラリストに、飛び抜けて優秀な人はいないかもしれないが、

決して楽ではない仕事をこなせるのだから、飛び抜けて仕事に不向きな人もいないはずだ。酔客やクレーマーなど、理不尽な人間への対処の方法も学んでいるに違いない。

コンビニでのアルバイトの経験、しかもどの店舗でどの時間帯に働いていたかが就職活動で評価されるようになり、新入社員研修をコンビニで行う企業が出てくるのも、時間の問題かもしれない。

◇香りをトリガーにする

私はこの20年近く、石鹸で髪を洗っている。石鹸と言っても白い固形のタイプではなく、いわゆる石鹸シャンプーである。愛用しているのはミヨシ石鹸のそれで、主成分が水とカリ石ケン素地、つまり石鹸成分だけという潔さ、自然な香り、さっぱりとした洗い上がりをたいそう気に入っている。私は、シャンプーやボディソープによくある過剰にヌルヌルとした感触が嫌いで、それを避けているうちにこのミヨシ石鹸にたどり着いた。化学合成繊維のパジャマよりネルのもの、吸汗性などに優れた新素材のTシャツよりもコットンのものが好きな方には、この感覚を理解してもらえるだろう。

ただ、これで洗ったままにしておくと、髪がさっぱりし過ぎてしまうので、リンスには一般的なものを使っている。そこで気になるのが香りだ。花やグリーンと言った化学的な香りが強過ぎるのはやっかいだし、かといって無香料なのも味気ない。石鹸の匂いを抑えた上でほどよく香る、そしてヌルヌルし過ぎないリンスがあればいいのにと思っている。

同じことは洗濯洗剤についても言える。洗濯洗剤は衣服を洗うことに集中し、肌触りや香りについては、柔軟仕上げ剤に任せるべきだ。その柔軟仕上げ剤も、２００８年頃に流行した香りが極端に強いタイプではなく、もっとおとなしいものが好ましい。石鹸の匂いを消し、ほどよい香りを足して欲しいのである。リンスにしても柔軟仕上げ剤にしても、生活用品メーカーではなく、化粧品会社などに開発してもらったほうが、私の好みに合ったものが期待できるのではないかと思う。

香りは、次のマーケティングのキーになる。

今や、気の利いた店はどこでもＢＧＭが流れていて、照明が工夫されている。無印良品は店舗で流すＢＧＭをオリジナルでつくってＣＤの販売までしているし、店舗設計に照明デザイナーが参加することも珍しくない。高級スーパーの食材が美味しそうに見えるのは、食材そのものがいいからでもあるが、照明の使い方が上手いということもある。

これらに比べると、香りはまだ遅れている。コーヒーショップやシュークリーム店、鰻屋にラーメン屋、あるいは女性向けのコスメショップなど、販売している商品の香りを際立たせた店はあるし、書店のように紙とインクの独特な香りが漂う空間もある。しかし、商品とは無関係だが心地よく感じられる香りを積極的に取り入れている施設は、一部のホテルやアパレルショップを除くと、ほとんどない。

特定の香りは強く人に記憶を呼び起こさせる。マルセル・プルーストの『失われた時を求めて』はマドレーヌの味をきっかけに思い出した過去を綴った物語だが、香りは味と同様のトリガーになる。これをマーケティングに使わない手はないだろう。

広くても狭くても、店舗で香りをコントロールするのはそう容易ではないかもしれないが、今は空調が進化しているし、アロマディフューザーも種々あるので、かつてほど難しくはないと思う。

私は自宅に犬が居ることもあり、お香を愛用している。香りの残る仕組みが焼肉などの食べ物のそれと同じなので、効果は穏やかに長く続くが、消えるときにはあっさりと消える。そして何より、押しつけがましくないのがいい。部屋をさっぱりときれいに掃除したうえで、ほのかによい香りを漂わせるのはなんとも気分がいいものだ。

不潔なのは言語道断だが、さりとて、清潔にしただけというのもいささか物足りない。髪も体も空間も、快適さの指標は同じなのかもしれない。

◇「枕元」にビジネスチャンスがある

スマートフォンやタブレットの普及によって我々の生活は大きく変わった。では、家の中でその影響を最も強く受けている場所はどこかというと、枕元ではないだろうか。睡眠を妨げるとどれだけ警鐘を鳴らされても、ベッドにそれらを持ち込んでいる人は少なくないと思う。

かくいう私もそのうちの一人である。朝、目が覚めたら、ベッドを出ることなくタブレットでニュースをチェックしている。わざわざ玄関まで新聞を取りに行く必要がなくなったので本当に楽だ。夜のうちに届いたメールの返事をそこで済ませることもあり、覚醒した状態でベッドで過ごす時間は、かつてにくらべて確実に長くなっている。

居心地の良い私のベッドサイドには、タブレットとそのための充電器のほか、ベッドライトの照明、個人用の小振りの加湿器、そして、目覚まし時計が置いてある。問題はこの目覚まし時計だ。いいものを探しているのだが、これというものにまだ巡り会えていない。目覚まし時計には質感が安っぽいか、持ったときに異常に軽いか、その両方を兼ねるかの、どれかでなくてはならないというルールでもあるのだろうか。そう疑いたくなるくらい、手にしたときにガッカリするものが多い。良さそうだなと思って手に取ってみると、あまりの軽さに拍子抜けすることが続いている。

目覚まし時計がこうなってしまったのは、素材の軽量化とデジタル化が進んだからなのだろう。しかし、デジカメもスマホも、軽さ一辺倒の時代は既に終わっていて、我々は触れたときの心地よさ、程よい重みに慣れてきた。目覚まし時計もその視点を取り入れていいのではないか。この条件を満たし、音の質が良い目覚まし時計があったら、価格は多少高くても、すぐにでも買いたい。そして私が寝ている間、その素晴らしい目覚まし時計の隣には外した眼鏡が置かれることになるだろう。

眼鏡を置く場所も長年の懸案事項である。当然のことながら寝る前にはいつも外すのだが、それを置く場所が定まっていないので、朝、必ず探すことになる。眼鏡置きにはトレイ型、フック型、傘立て型など様々なタイプがあるのは知っている。しかし、どれもしっくり来ない。デスクでも使えるようなタイプではなく、ベッドサイドならではのものが欲しいのだ。

昔、八百屋の店先で天井からぶら下げられていた、小銭を入れるカゴのようなダイナミックな眼鏡置きがあればぜひ使ってみたい。オフィスでこれを使ったら周囲に迷惑がかかるかもしれないが、自宅の寝室であれば問題ない。

個人宅のインテリアのレベルはかなり洗練されてきた。リビング

にはソファ、ダイニングにはテーブルという家具のレベルではなく、キッチンやガレージ、トイレなどのちょっとしたコーナーにも、専用の整理グッズがあり、機能性と美しさを兼ね備えた小物が置かれるようになっている。ほとんど開拓されつくした家の中で、最後に残されたのがベッドサイドではないか。しかも、かつては水差しや懐中電灯くらいしか置かれていなかった枕元に、今は、スマホやタブレットや、人によってそのほかの様々なものが置かれているはずだ。最近、普及し始めている眠りの状態を測定する睡眠計などは、一昔前にはそれが一般家庭に入り込むとは思えなかったような存在である。

他人のベッドサイドをいくつか視察できれば、そこに新たなビジネスチャンスを見出せるに違いない。ただ、それは他人宅のトイレを借りるより難しい。こうした視点を持つメーカーが出てくれば、日本のベッドサイドビジネスは夜明けを迎えるだろう。

◇「三丁目の夕日」ではなく「高度成長期」でテーマパークをつくる

先日、奥湯河原まで温泉に入りに出かけた。宿泊先にはネットの旅行サイトで評判のいいところを選んだつもりだったが、これが驚愕の宿だった。

まず、妻とふたりにもかかわらず、部屋は三間あった。それを居間と食堂と寝室として使えるのならまだわかる。しかし、どう考えても寝室には窓のない一間を当てるしかないのだが、それは入口脇にある。誰が入口付近で寝たいと思うだろうか。であればここは使わずに、ほかの二間をフル活用しようと思ったが、その二間にある窓ははめ殺しで開かない。万緑香る季節にもかかわらず、清々しい空気を部屋に取り込むことができないのだ。途方に暮れて天井を見上げると、そこには青白い光を放つ蛍光灯。今どき、家庭でも柔かな黄味を帯びた灯りを使うのが当たり前になりつつあるのに、なぜ蛍光灯なのか。

気を取り直して、屋上にある露天風呂に入りに行くことにした。そうだ、私は旅館の設備を見にきたのではなく、温泉に入りにきたのだと思いながら。

屋上に上がり、球場にあるような緑の人工芝が敷き詰められた露天風呂を目指した私の足は、湯に浸かる前に、周りに敷かれたすのこのようなものを踏み抜いていた。誰かに見られただろうかと振り向くと、携帯基地局の巨大なアンテナだけが私を見下ろしている。なんなんだ、この宿は。宿泊先としてここを選んでしまったことへの後悔と同時に、なぜこの旅館は高い評価を得ているのかという疑問が俄然、湧いてきた。

不自然に区切られた部屋、開かない窓、雰囲気より効率重視の蛍光灯、メンテナンスされていない露天風呂。ここで思い出されるのは、高度経済成長期の頃の社員旅行である。この間取りなら、たとえ同じ部屋に8人で泊まっても、早く寝たい人はこっちの間で、飲みながら麻雀をしたい人はこっちの間と振り分けができる。飲んで雀卓を囲んでいれば、部屋の空気も照明も気にならない。福利厚生の一環としての社員旅行なのだから、露天風呂が屋上にあるだけで儲けものと考えられる。

この旅館はかつてはそれで繁盛し、現在に至るまでそのイメージを崩さずにきたのだろう。だから今、高度成長期を懐かしく振り返る世代からは評判がいい。

そう考えて周囲を見渡すと、テレビでは吉田類さんが昭和的な居酒屋を放浪しているし、長く続いた昼の番組を卒業したタモリは全国をぶらぶらし始めた。最近好調のテレビ東京は、所属探偵が全員55歳以上というドラマ『僕らプレイボーイズ　熟年探偵社』を、高橋克実さん主演で放送。ここまで名前の挙がった3名の平均年齢は63歳。団塊の世代の少し下で、高度成長期に若手として活躍し、現在はほぼリタイアした世代である。この年代の方々には、デフレを経験した後ではなく、右肩上がりの時代のチープさが、懐かしく心地よく感じられるのではないか。

であれば、明治村のようなイメージで、高度成長期村をつくればヒットするかもしれない。団地の6畳の居間には巨人戦しか中継しないブラウン管テレビや黒電話を置き、丸いちゃぶ台にちくわの穴にキュウリを詰めたおつまみを並べ、飲むのはもちろん瓶ビール。でかける先はデパートの上階にある大食堂やボウリング場など、「三丁目の夕日」のように牧歌的なものだけではなく、交通渋滞、

質の悪いアスファルト、管理しきれていないゴミの埋立て地もアトラクションとして用意する。排気ガスやスモッグ、ズルチン・チクロ・サッカリン、それにカストリの匂いや味、暴走族の奏でる騒音も最新の技術を駆使して安全な状態で再現させれば、かなり人気が出るだろう。あの宿も、ここまでやってくれれば大したものだ。

◇寂れた熱海は「上がる」

又吉直樹さんの芥川賞受賞作品『火花』がドラマ化されるにあたり、そのロケが熱海で行われた。原作には熱海海上花火大会の様子が描かれているので、それを忠実に再現して撮影をしたということなのだろう。撮影に先立ち、800人のエキストラが募集されたこともニュースになった。

『火花』に限らず、ドラマや映画、娯楽番組に熱海が登場することが増えているようだ。その要因は、熱海市の観光建設部の積極的な誘致。「ADさん、いらっしゃい!」「制作部さん、いらっしゃい!」というページを市のサイトに設け、24時間365日態勢で、ロケに関する相談を受け付けている。ページには担当者のものとおぼしき携帯電話の番号まで書かれていて、その力の入れ具合がわかる。

私は熱海市の回し者ではないが、しかし、熱海は確かにロケに適している。東京から近いし、海があるし、山もある。和風旅館もあるし、洋館もある。スポーツ施設もあるし、寂れた地域もある。廃墟のような建物は余るほどあり、バラエティに富んでいる。これは、観光地としての熱海がいったん地獄を見たからだ。だから再開発されることなく、寂れるがままになっていて、今やそれが重宝されている。

その熱海にこの1、2年、観光客が戻りつつあるという。理由はロケだ。熱海がドラマや映画の舞台になると、それを見た人たちのうち何割かが、ロケ地巡りにやってくるのだ。今、北海道の旭川や富良野には韓国人観光客が、佐賀にはタイ人観光客が殺到しているが、その理由は韓国で放送されたドラマ『ラブレイン』、タイで上映された映画『タイムライン』のロケ地だから。海を渡ってまでそのロケ地に行ってみたいという人がいるのだから、東京から新幹線のこだまで1時間もかからない熱海にあるロケ地に行ってみようと考える人がいるのは当然のことだ。

しかし、熱海が観光地として寂れたのには理由がある。私が思うにその最大の理由は、熱海が広すぎることと、高低差が大きいことである。眺めのいい高台に宿を取ると、ちょっと海岸まで歩こうという気持ちにはなれない。行きはいいとして、帰りに坂を上ることを考えると億劫だ。それに、飲食店の数が少ない。では食事は宿でとろうと思っても、人手不足で仲居さんがおらず、部屋食はできないと言われてしまうことがある。今後、ロケ地として熱海が再生しても、地形と人手不足に悩まされるのは変わらないだろう。

そこで、熱海の温泉街を、坂を境界としていくつかの狭いエリアに区切ったらいいと思う。そして各エリア内で、朝食はあのホテル、夕食はこの旅館といった具合に分担をする。泊まり客は宿泊施設間を歩くことになるが、多少の坂ならばなんとかなる。それでも人手が足りないなら、チェーンの飲食店、たとえば吉野家やモスバーガー、リンガーハットや大戸屋を誘致する。観光地としては興ざめだが、店で働く人はそのチェーンが手配してくれるし、何せ、一度はどん底を見たのだから、それを逆手にとって「元どん底」らしさを前面に出すのもいいのではないか。そして、各店には特別メニューを提供してもらう。

吉野家がブランド牛の熱海スペシャル牛鍋膳などを提供し、東京から1時間のところでそれを食べられるとなったら、出かけていく人はロケ地巡りをする人以上に多いはずだ。さらに、今回は熱海のこの地域でホットケーキを食べたから、次はあの地域でカレーを食べようという、リピーターすら見込めるようになる。

よく言われるように、一度底を打ったら、あとは上がるだけである。熱海は今、まさに再浮上を始めたところだ。

◇神仏を信じさせる仕組みを感じる

先日、谷中霊園を散策した。天気が良く、たいそう心持ちよく歩けた。高い柵に守られた徳川慶喜公の墓、台座だけになってしまった川上音二郎の像、五重塔跡に展示してあった燃えさかる様を捉えた写真などは印象的だったし、一般家庭のものと思われる墓にも実に様々な形があり、石材店の技巧はたいしたものだと感じた。普段、墓地に足を踏み入れることがないので、見るもの全てが新鮮だった。

私は墓に興味がない。死んだらそれまでと思っているので、自分の死後、どこで焼かれようがどこに骨を埋められようが、構わない。そうしてもらってもいいというよりは、ぜひそうしてほしいと思うくらい、死後のケアを求めていない。もちろん、神の存在も信じていない。進化生物学者のリチャード・ドーキンスに『神は妄想である』という著書があるが、私は諸手を挙げてこのタイトルに賛同する。幽霊の正体は全て枯れ尾花に決まっている。

もっとも、墓参りをしたり神を信じたりする人を非難するつもりはない。個人の自由は尊重する。それに、こんな私でも奈良にある神武天皇を祀った橿原神宮へ行くと、その荘厳さに圧倒される。早朝の澄み切った空気の中、まだ人の姿もまばらな参道を歩いていると、言語化できないただならぬものを感じ、身震いすらする。バチカンもまた、私を厳かな気持ちにさせる。カトリック教会の総本山であるサン・ピエトロ大聖堂に入り頭上高くにある大天蓋を見上げていると、遥か彼方にいる誰かと無言のうちに会話をしているような気持ちになり、心が満たされていくように感じる。そして思うのだ。ここにはなんだか神様はいるみたいだ、と。

そう感じる度に、これまで自分の身に起こってきたことを思い出す。出雲大社や伊勢神宮を訪れたときのことだ。出雲大社へ行くと、その後しばらく、原稿もゴルフも不調になる。ところが、伊勢神宮へ行くと絶好調だ。これには何か、私にはコントロールできないものが働いているに違いないと思ってしまう。やはり神様はいて、私に影響を与えているのではないか――。

しかし、それは妄想である。橿原神宮にもバチカンにも、出雲大社にも伊勢神宮にも、何百年、何千年という年月をかけて構築された、人に何かを感じさせる仕組みがあるのだ。立地も建物も内部のしつらえも、それにまつわる人も絵画も音楽も物語も、神聖なものとして認識されるよう巧妙に設計されているのだ。訪れたときの天気が晴れでも雨でも、そこに何らかの意味を見出したくなるよう精緻に設計されている。私のような人間にすら何かを感じさせるよくできた仕組みに、私は畏怖の念を覚えるのだ。

その点、超能力や占いなどのいわゆるオカルトには尊敬すべきところがない。神仏とオカルトを並べることを不愉快に思われる方がいるかもしれないが、私が問題にしているのは仕組みの話である。オカルトにも確かにとってつけたような物語はあるが、自発的に信じたくなるようなものは少なく、こちらを説得しようという魂胆が見通せる。その程度の作り話で多くの人からの支持を得ようとする

など、何百年、何千年も早いと言わざるを得ない。

付言しておくと、私は出雲大社と相性が悪いとか、伊勢神宮と相性がいい、などとは思っていない。出雲へ行くのは大抵、寒くて凍えそうになる時期で、伊勢へ行くのは大抵が陽気のいい頃。天候によって体調に好調・不調の波が生まれてくるのではなかろうか。一度、夏に出雲大社、冬に伊勢神宮に行けばそれを完全に証明できるが、したくない。夏はズワイガニが禁漁中だし、冬は熊野大花火大会が開催されないからだ。私の神社詣では何かのついでである。

◇ゴルフの趨勢と環八の関係

現代は、長生きと死の恐怖が直結する時代だ。いつなのか分からない寿命を迎えるその日までの生活費は、国に頼ることなく自前で備えておかないと、不安が募るばかり。だから人々は消費を控え、貯蓄にいそしむようになる。政府が相続税を上げようが何をしようが、この傾向は変わらないだろう。

老後、会社を定年退職するなどして収入が減った人々は、娯楽にかける費用を減らすようになる。私の周囲でも、退職した途端にゴルフの回数を減らした人が何人かいる。

リタイア世代が増えて最も影響を受けるのはゴルフ業界だと私は思っている。釣りなども影響を受けるだろうが、ここにはまだ、若者が新規参入する余地がある。しかしこれからゴルフを始めようという若者はあまりに少ない。グリーンに立つたび、私はそう感じている。

親しんでいたゴルフを遠ざけるようになる世代のうちの何割かは、自家用車も手放すだろう。言うまでもなく車には維持費がかかるので、車がなくても生活できるところに住んでいる人は、それを処分するようになるのだ。地域的には、東京の環状八号線沿いだろうか。

環状八号線、通称・環八はリタイア世代が多く暮らす世田谷、杉並、練馬を通る幹線道路だ。交通量が容量を超えて渋滞が慢性化していたのだが、その環八が最近、空いている。２０１５年3月に首都高速中央環状線が全線開通したことの影響もあるだろう。これから車を手放す人が増えれば、ますます路上は閑散とする。若者の車離れはあちこちで言われているとおりなので、車が増える要素はない。

すると、環八周辺の風景も変わるはずだ。今、環八沿いには、広い売場面積と駐車場と荷捌き場を持つ、ゴルフや釣りの道具を扱う大規模な店舗が並んでいる。これらを嗜《たしな》む人は減る一方なので、当然、店は維持できなくなっていく。家電量販店が店舗を減らすとの報もある。近い将来、環八沿いで空き家問題が発生するだろう。では、その空き家は何になるか。答えは通信販売業者の倉庫なのでもあるまいか。

最近のネット通販業者の中には、注文から24時間以内に宅配を完了させるところがある。これを可能にしているのは、購入者の行動の先読みだ。こちらが買うという決断をする前から、ネット上の動きを見て、これならこのユーザーは決済するだろうという予測をし、倉庫にある在庫を出荷場に向けて動かし始めるのである。

今は郊外にあるその倉庫が、環八沿いにできたらどうなるか。近隣の家では、注文から数時間のうちに配達が完了するようになるだろう。ドローンが使われるようになるのも時間の問題だ。同時に注文をしたら、近所の蕎麦屋の出前より、アマゾンからの品物の方が早く届くかもしれない。風が吹いても桶屋は儲からないが、高齢化が進めばドローンは環八上空を飛ぶかもしれない。

これだけ通信販売が便利になると、車に乗って買い出しに行く必要がなくなるので、ますます車を手放す人が増え、環八の混雑は解消される一方だ。

環八は高度成長期に交通量が急増した、東京の大動脈。渋滞するのが当たり前だった。その流れがここまで書いてきたような理由でスムーズになると、車線として使われてきたスペースの一部が、自転車や歩行者に割り当てられるようになるだろう。周辺の住民はサイクリングやウォーキングを楽しむようになり、ますます健康になるかもしれない。すると寿命はいっそう延びて、老後のそのまた老後の心配をする人が増え、その人たちは一層貯蓄に励むようになる。意外や、環八が日本の将来を変えるかもしれない。

◇絵を描くならテクニックから教わる

絵を描けるようになりたいと思っている。しかも自作を堂々と居間に飾れるほど上手に描けるようになりたいのだ。その準備は、画材を買い集めるなど、着々と進めている。一方で、どんな絵を描くのか、抽象画なのか風景画なのか、同じ風景画にしても油絵なのか水彩なのかなど、綿密に戦略を練っているところだ。決まったら、その描きたい絵に向けて突き進むのみである。要するに絵を描く前に考え込んでしまっているのだ。

人間は、音楽に酔うタイプと絵画に酔うタイプとに二分できると思っている。明らかに私は絵画派だ。私にとって音楽と言えば時間と共に流れゆくBGMだが、絵画は時間を止め、その作品と自分とを対峙させる。私が最も好きな画家はゴッホだが、たとえば「星降る夜・アルル」を見ていると、描かれた星が回転を始め、それに伴って自分の脳がショートするような錯覚に陥る。オルセー美術館に行ったなら、その前でゆうに1時間は過ごすだろう。

なので、ゴッホのようにとまでは言わないが、絵が描けるようになってみたい。しかし、カルチャースクールのようなところに通って習うつもりはまったくない。

私は、絵画は音楽と違い、ある程度の知識があれば、誰でもそれなりのものを生み出せると思っている。たとえばピアノは、バイエルからきっちりと習わなければ、いきなりソナチネにはたどり着けない。初心者が、１小節だけならラフマニノフを弾けるということも考えがたい。

一方、絵画のテクニックは、知識でカバーできる範囲が広い。たとえば、透視図法というものを知っていれば、それなりに立体的な町並みを描ける。絵の具を混ぜずに使えば、色が濁ることなく透明感のある絵が描ける。本当なら、こういったことは義務教育の図工や美術の時間に教えてくれればいいのだが、なぜか「自由に描け」「豊かに発想しろ」とばかり言われ、その通りにするので、技術が伴わず上手く描けない。子どもでも、自分が描いた絵が上手いか下手かくらいはわかる。下手だから面白くなくなり、遠ざかっていく。

その点、音楽は教育のシステムが確立している。音楽には、演奏のプロと音楽教育のプロが存在している。では、絵画は誰に教わったらいいのか。その答えは、絵描きのプロではなく、絵画教育のプロのはずだが、果たしてどこにいるのだろう。私がカルチャースクールには行かないと言ったのは、そこの講師はたいてい、上手い絵は描けるけれど、それを教えることにはさほど長けていないように思えるからだ。

さて、私は絵を描くことを趣味にはしても、仕事にするつもりはない。絵描きになるには今からでは遅すぎるし、才能もないだろう。しかし、初心者でもそこそこの絵が描けるテクニックを教える絵画

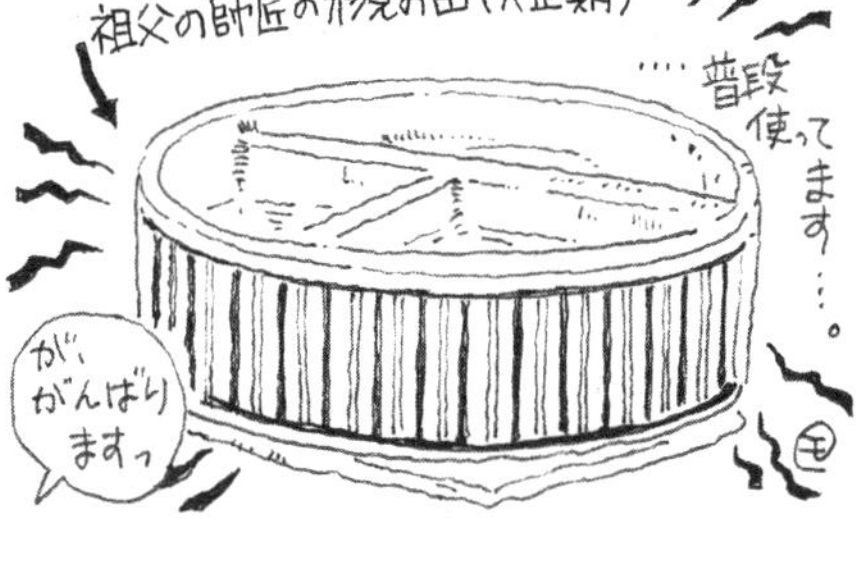

教室をチェーン展開すれば、ビジネスになるのではないかと思っている。

毎回、テーマとマスターするテクニックを明確にし、それに必要な画材を用意し、小さなものでいいので、一度で、飾れるような作品を完成させる。描いた方は、それが上手くできたと感じればまた描きたくなる。料理でたとえれば、自由に描けと突き放す学校の図工が創作料理の実験の場であるのに対して、この絵画教室は三枚下ろしや出汁の取り方など達成すべきものがはっきりとして、しかも、おいしい完成品と配布された包丁などを持って帰れる、システム化されたものである。ここである程度、自信をつけて腕を磨いた人は、創作の世界に浸れるだろう。

こんなことを思いながら、いつか描く絵のことを私は今日も考える。もしかすると絵を描くよりも先に、絵画教室の経営を始めているかもしれない。

◇パーティをやるなら伝説をつくる

私は自分の誕生日に興味がない。なぜその日を祝わないといけないのかが分からない。それが節目というのなら、自らの手で節目を作り出し、その日を自分のやり方で祝う方が性に合っている。

だから2015年9月、東京の帝国ホテルの富士の間で行った自分の還暦祝いは、設立した投資コンサルティング会社インスパイアの創立15周年パーティのついでだった。これを機に、これまでお世話になった方々に感謝の意を表したかった。やるからには、招待客の度肝を抜き、徹底的に彼らの記憶に残す形で、だ。

招待客数は約600名。出席者はインスパイアのクライアントやファンド、元社員、出版・メディア関係者、私の個人的な友人など多岐にわたるので、どの業界の人なのかが互いに分かるよう、クライアントは青、出版・メディア関係者はオレンジといった具合に色分けして用意したポケットチーフを胸に挿してもらった。最初の乾杯までは、そのチーフの色と同じ色の花が飾ってあるテーブル付近に集まってもらって、一人で出席した人でも話し相手が見つかりやすいようにした。見つかりやすいと言えば私自身もそうで、赤いちゃんちゃんこならぬ、サーモンピンクのジャケットを着て、ブラックスーツの多い会場に臨んだ。

乾杯の音頭は、私が社外取締役を務めるスルガ銀行社長の岡野光喜さんに。食事は帝国ホテルにお任せし、洋食とハラール食を中心に広く揃えた。ワインセレクションは友人で中川ワイン社長の中川誠一郎さんにお願いし、オバマ大統領の就任セレモニーでも振る舞われたサルース・シャルドネなどを選んでもらった。日本酒は、ビジネスパートナーである地方銀行の取引先から入魂のものをたっぷりと。おかげさまで、料理や飲み物を待つ人は長い列を作っていたようで、あとから聞いたところ、案の定、味は最高だったそうだ。

京都祇園から呼び寄せたなじみの芸舞妓たちにはステージの上で舞ってもらった。そこに、古典芸能に詳しい元NHKアナウンサーの葛西聖司さんが司会がてら解説を加える。ステージを下りた芸舞妓はあちこちで、招待客と一緒に写真に収まっていたのが印象的だ。

中締めでは、インスパイアの投資先の中で最も成長した企業の一つであるユーグレナの出雲充社長が、一本締めの代わりに再度の乾杯の音頭を取った。一本締めをしてしまうとそろそろ帰ろうかという雰囲気になるが、そこからもっと飲んで食べてもらいたかったからだ。それが功を奏して、中締め後も多くの人に場を楽しんでもらえたようだった。それに、若い人を含む何人もの方が「週刊新潮の連載を読んでいます」と言ってくれたのは実に嬉しかった。

このパーティには、インスパイア社内で予定されていた額を上回る金額を使っている。最初で最後のパーティのつもりだった。かなり思い切った出費になったが、そこまでしたのは、参加した人に「すごいパーティだった」と後々まで、いろいろなところで語ってほしかったからだ。招待客にSNSなどでシェアしてもらうことで、そのパーティは〝伝説〟に変わる。いつまでも皆の記憶に残るように、人も食事も酒も最高のラインナップを揃えたのだ。

こうした〝伝説〟となるような豪華なパーティは、企業にとって大きな営業資産になるはずだ。税務当局が、社長交代のようなパーティ費用は企業ブランドを維持向上させるための繰延資産として認め、数年にわたって償却ができるようになれば、ドカンと派手なパ

ーティを企画する企業が増えるし、ホテルも飲食業界も潤うだろう。企業ブランドの向上だけでなく、アベノミクスの一助になるかもしれないのだ。

◇パーティで印象を残す3つのシーンがある

さらに、パーティの話をしたい。パーティを催し、招待する側になって実際に数時間を過ごしてみると、自分が招待される側ならこうすると決めていたことを思い出す。

まず、客を代表しての挨拶は、他の来賓との逆を行くに限る。逆を行くのは内容ではなく、かける時間だ。周りが長々と話していたら短く切り上げ、周りがあっさりと終えていたら、招待してくれた人とのエピソードを交えながら長めに話す。そうすることで来場者にとって、何人か挨拶した中で最も印象的な一人になれる。

逆に、挨拶をしない招待客として招かれ、会場内で主催者にお礼をのべる場合は、3フレーズで片をつける。最初は「何年前にどこどこでお会いしました◯◯です」、または「初めてお目にかかります◯◯です」だ。これによって、多くの客を相手にしながら、目の前の相手を思い出せず、しかし失礼を働いてはならないと困っているはずの主催者を安心させることができる。続いて、今、この瞬間を楽しんでいることを伝える。率直に「素敵な音楽を楽しんでいます」でも「料理が、特に天ぷらがとてもおいしいです」でも、なんでもいい。招く側は、招待客が楽しんでいるか、もっと言えば、不快になっていないかが気になるものだ。だから客は、その心配を払拭すべきなのである。それが済んだら「今日はお招きいただき、ありがとうございます」と言って跡を濁さぬ鳥のように立ち去る。そうやって、忙しい主催者を解放するのだ。

時々、主催者を捕まえたこのチャンスを逃すまいと「私は誰々さんの紹介でなんとかという仕事をしていて〜」と長々と自己紹介を始めたり、「実は今度、こんなことをお願いしたいと思っているのですが〜」と商談に持ち込もうとしたりする人がいるが、限られた時間で多くの人と会話をしたい主催者にとってはいい迷惑だ。そもそも数百人と立ち話をするのだから、覚えていられるわけがない。そんなことをするくらいなら、3フレーズで切り上げて、後でお礼メールでも出した方がよほどいい。そのメールに「天ぷらがおいしいとお伝えした者です」とでも書けば、主催者は絶対に思い出す。

スタンド花の贈り方にも気を配る。パーティの会場がホテルの場合、ホテルに入っている花屋に依頼することも、外部の花屋に頼むこともできるが、私はホテル提携の花屋に任せることにしている。ほかの花と並んだときに統一感が出て壮観だし、最後にはばらして来場者に持って帰ってもらえるので、主催者側に負担をかけずに済むからだ。

では、ずらっと並んだ花の中でどうやって目立たせるかというと、花に添える名札だ。人は花を見ているようで、実は名札を見ている。これをつくづく、先日の私の還暦祝いパーティで思い知らされた。居並ぶ花の中で最も目立ったのは、花の美しさが際だったものではなく、通常は縦に使う名札を90度回転させ、横にしたものが付けられた花だった。それは二つあり、一つは新潮社の会員制情報サイト『フォーサイト』の編集部、もう一つはＮＨＫがＢＳ１で放送していた『国際報道２０１５』から贈っていただいたものであった。特に『国際報道２０１５』は、横長の名札に記した番組タイトルの下で「ＢＳ１月～金　22：00～22：50」と墨痕鮮やかに宣伝をし、来場者の笑いと関心を誘っていた。中には、この番組を見てみようと思った人もいるだろう。フォーサイトも「月額８００円（税込）」と併記すべきだったかもしれない。壇上での挨拶、テーブルでの挨拶、そして花。パーティで印象を残すなら、この3つのシーンでどんな風に個性を出すかが鍵となる。

6　さかさまに物事を見ていこう

◇ゆとり教育には大賛成

最初にお断りしておくと、私は成績重視の学業教育に興味がない。なぜなら、学校でいい成績を修めること、そのための努力を怠らないことと、幸せな人生を送れるかどうかの間に、因果関係を見出せないからだ。毎年、文部科学省が全国学力・学習状況調査（全国学力テスト）の結果を発表するが、ここまで成熟した日本という国が、今さら小中学校のレベルで学力を多少底上げしたところで、国力が向上するとも思えない。それが、過剰な学業教育には関心が持てない理由だ。

なので、経済的な事情が許すなら、受験はできるだけ幼いうちに済ませるのが合理的だと考えている。一部にはＡＯ入試などもあるが、大学受験は試験科目が多くその範囲も広いので大変だ。高校受験もそれに準じている。しかし、幼稚園や小学校の受験の場合は、受験生にとって負担が少なく、相対的にコストパフォーマンスが高い。面倒な受験は早めに済ませて、その後の時間は読書やスポーツに使ったほうが、よほど楽しく豊かに学生生活を過ごせる。そのなかで、一生付き合っていきたいと思える友人や、大学や大学院で研究したいと思えるテーマに出会えたら、どれだけ幸せだろうか。

一方で、なにかと目の敵にされるゆとり教育には大賛成だ。ゆとり教育世代は発想が自由で自分を型にはめようとしない。それでいて、礼儀正しさも持ち合わせている。なので、もっとゆとりを設けて、文化的な生活に必要な情操を養い、論理的な思考力やコミュニケーション能力を磨くための時間を確保したらいいいと思う。

漢字で「改善」という副題の付いたテレビ番組が、アラブ諸国で人気だという。映像はＹｏｕＴｕｂｅでも見ることができる。日本では当たり前の光景がかの国の人々には珍しいようで、ゴミを分別して捨てるところや、通勤客が駅で整列乗車を行っている様子、立体駐車場の仕組みなどを映像に収め、放送している。

なかでも話題になったのは、小学生が自分たちで教室を掃除する様子だったようだ。この番組に衝撃を受けたのか、サウジアラビアでは、児童や生徒に掃除をさせる学校が増えているという。

これはアラブ諸国に限った話ではないが、海外の多くの国では、児童や生徒が教室を掃除するという文化がない。掃除は他人任せなので、汚すことにためらいがなく、自分たちでそれをなんとかしようという気にもならない。

一方で、日本では小学校から掃除を教えるので、自然ときれいに使うようになるし、ちらかしたら片付ける習慣が身に付く。それが、外国人が称賛する神社仏閣、公共交通機関、そして、観光地でもなんでもない路地裏などの清潔さにつながっているのではないか。

また、日本の小学校では実施率が99％超、中学校でも約88％の給食という制度も、海外の学校にはほとんどない。なので、配られた給食の献立表を見て楽しみにすることも、4時間目が終わったら白衣に着替えて給食当番を務めることもない。しかし、自分が小学生だった頃を思い出してみても、まだ年端もいかない頃に食への関心を高め、集団の中で任された仕事を遂行することを学んだのは、無意識のうちにその後の人格形成に大きな影響を与えていると実感する。それが、今でいうクールな日本食文化や日本人の勤勉さを下支えしているに違いない。

だから、小中学校にゆとりは絶対に必要なのだ。もし、全国学力テストの順位にばかり目を向けて掃除や給食当番をないがしろにし

始めたら、いよいよ日本という国は瓦解していくことになるだろう。

◇会社では、ゆるく楽しく

ひところ、グーグルが社内に設けている『20％ルール』が話題になった。勤務時間の2割を、担当している仕事ではなく、興味を引かれることに使ってよいというものだ。イノベーションを起こすのはこういったゆとりであり、さすがグーグルは素晴らしいという論調でもてはやされた。

確かに一理あるし、学ぶべきことでもあるかもしれないが、これらのことは、シリコンバレーの新興企業に教えられるまでもないことだ。昭和の時代の会社員なら誰もが、会社とはがむしゃらに働く場ではなく、ゆるく、楽しい場所でもあることを知っていた。

それをスクリーンで体現していたのが東宝のサラリーマン喜劇シリーズ、とりわけ森繁久彌主演の『社長シリーズ』だ。朗らかでモテる社長が森繁で、生真面目な秘書が小林桂樹、社長に次ぐ社内ナンバー2が加東大介、そして追従《ついしょう》の手つきが軽やかで「パーッといきましょう」が口癖のザ・お調子者営業部長が三木のり平。また、彼らが集い、仕事をしていない時間は勤務時間の2割どころかそれよりもずっと長そうなドタバタが続く会社に、作品ごとに別の設定で登場する癖もアクも強い人物を演じるのがフランキー堺といった案配だ。ご覧になったことがある方なら、この役者たちの名前を見ただけで、軽く脱力するに違いない。登場人物は敵味方にかかわらず、全員が実にのんきなのである。

もちろん社長シリーズはフィクションであり、実際にはこんな会社があるわけないのだが、それでも、デフォルメされた登場人物たちには、自分の身近にいてもおかしくないと思わせる説得力があった。これら作品群から教訓を得ようというのは野暮な話で、ただひたすらバカバカしさを楽しむのが正しい鑑賞方法といえるだろう。

最近の人気テレビドラマにも、会社を舞台にした物が多いが、これらは社長シリーズとはまったく異なっている。銀行員である主人公の決め台詞「倍返しだ！」が話題になった『半沢直樹』に代表されるように、笑い飛ばしてではなく、敵討ちを見届けてすっきりするドラマばかりなのだ。つまり、現代ドラマ、サラリーマンドラマは仮の姿で、実際のところは『水戸黄門』や『大岡越前』の系譜に連なる勧善懲悪の時代劇であり、もっと遡れば『仮名手本忠臣蔵』や『曾我物語』など、敵討ちをテーマにした歌舞伎そのものである。

社長シリーズにも『サラリーマン忠臣蔵』（正・続）があるけれど、この作品の見どころは半沢直樹のような敵討ちではなく、赤穂四十七士の名前をもじった登場人物たちが、舞台を昭和の企業に置き換えてパロディを演じるというものだ。仇敵に一矢報いなくては

ならない主人公が飲んだくれて日々を過ごすあたりなどもリアルで、どうせ本歌取りをするならここまで徹底してもらいたいと思うことしきりの名作だ。

私は、現代にこそ社長シリーズのような存在が必要だと思う。このシリーズの第1作公開は、経済白書に「もはや戦後ではない」という文字が刻まれた1956年のことだ。これから成長していく勢いのある国には、バカバカしい喜劇が大いに受け入れられたのだ。逆に言えば、この手の喜劇になじめない国は沈んでいく一方である。残念ながらここで名を挙げた役者は全員が鬼籍に入ってしまっている。

アベノミクスもクールジャパンもまことに結構だが、喜劇役者と観劇者の育成が、案外と日本経済再興の切り札になるのではないか。

◇質問力を磨け

2016年4月に、早稲田大学のふたつの大学院、商学研究科ビジネス専攻（通称・早稲田大学ビジネススクール＝WBS）と、ファイナンス研究科が統合され経営管理研究科となって、それが新生WBSとなる。

私はそのWBSで客員教授を務めている。2000年にマイクロソフトの社長を退いたときに声をかけてもらい、そのまま、今日まで続いているのである。2016年は秋開催だ。

WBSのいいところは、講義に多様性を認めているところだ。「トップマネジメントと経営イノベーション」という私の講義では、毎回、熱い志を持った経営者をゲストに招くのが恒例である。学生は全員が社会人でもあるので、リアルなケーススタディを当事者に語ってもらうのは、大いに刺激になったのではないかと思う。今回、この講義に出席した学生の成績は、ゲストへの質問の善し悪しでつけた。学生にとってこの経験は、格好の質問力トレーニングになると思ったからだ。

なぜ質問する力を養ってほしいのか。それには二つの理由がある。まず、質問をするには相手を理解する必要がある。事前にゲストについて調べるし、講義も熱心に聞く。そして、質問を通じて、それをさらに深めてもらおうというわけだ。

それからもう一つの理由は、質問をされる側は、良い質問をする人に好印象を持つ傾向があるため、学生に、一流の経営者から好かれる機会を作ってもらいたいと考えたのだ。池上彰さんがテレビ番組で「いい質問ですね」とよくいうが、そのような良い質問はシンプルで、相手を否定も決めつけもせず、かつ、思いがけない答えを引きだす。そして、された側にとって嬉しいものである。

ところがというべきか、やはりというべきか、学生にとってこうした質問は難しいようであった。聞くべき疑問がなかなか出てこない。質問をしなければと思い詰めるほど、複雑に考えてしまっているように見えた。

それと比べれば私のところに取材に来るメディアの人たちはさすがに質問が上手い。ただこれは、生まれついての資質というよりも、これまでにどれだけトレーニングしてきたかの違いであろう。

また、普段は口にこそ出さなくても、疑問を持ちながら人の話を聞いたり本を読んだりする習慣がある人も、ふとしたときにはっとするような質問をする。たとえば、ある分野でのトップサイエンティストは、全く別の分野でも、なるほどそれを聞くのか、そしてこんな答えを引きだすのかと、眺めているこちらを驚愕させるような良い質問を繰り出すことがある。

最近はコミュニケーションの方法を説いた本をよく見かけるが、その大半は心理学的なセールストーク術であり、残念ながら、素朴な質問の重要性には触れていないことが多い。明るく、愛想良く、などと書かれていることがあるが、それよりも身に付けるべきは、浮かんだ疑問はどんな素朴なものであっても、その場で相手にぶつける勇気だろう。あとから聞けばいいやと思った疑問は、解かれることなく忘れ去られていく。聞くは一時の恥、聞かぬは一生の恥とはよくいったもので、一時の恥を恐れないことが、良い質問と良い答え、つまり「より良いコミュニケーション」につながっていくの

だ。

加えて、「こんなことまで聞いてしまっていいのかな」と心配になるような素朴な質問をするとき、人間は自然と笑顔になるものである。つまり、良い質問さえしていれば、その手の本がいっている愛想はあとからついてくるのである。

◇マイナンバーよりも財産債務調書制度に注目

マイナンバーの利用が始まった。この制度の導入に当たっては、住基ネットのとき同様に国民総背番号制が嫌だとか、プライバシーを侵害される恐れがあるだとか、見当違いの反対もあった。反対する人々を見るたび、私は疑問を抱いていた。この人たちは、運転免許証を持っていないのだろうかと。運転免許証には固有の番号だけでなく、顔写真や、裸眼で運転できる視力を持つかなど、身体的特徴も記載されている。ゴールド免許であるか否かで、更新前の5年以内に交通違反をしたかどうかまで分かってしまう。しかも、その情報を管理しているのは、国家権力の執行者である警察なのである。

もっとも、マイナンバーは納税や社会保障とも紐付くため、住基ネットの番号よりも扱いに慎重であるべきだが、運転免許証ほどではないと私は思う。マイナンバー制度に反対する人が多い割に、こちらがほとんど話題にならないのも疑問である。

マイナンバーの利用が始まるのと同じ16年1月に財産債務調書制度がスタートした。これは、年間所得が2000万円を超え、保有資産3億円以上または1億円以上の国外財産（有価証券など）を持つ人に、個人版バランスシートとでも呼ぶべき書類の提出を求めるというものだ。これこそ、マイナンバーがプライバシー侵害という人にとっては、さらにそれを上塗りするものではないか。保有する財産の種類や数量、金額、有価証券などについて銘柄や時価まで知らせなくてはならないというのだから、もっと反対があっても不思議ではない。

反対が目立たないのは、所得が2000万円超で資産が3億円以上という富裕層向けの施策だからであり、むしろもっとやれと思っている人もいるのかもしれないが、年収2000万円超で保有する国外財産の時価総額が1億円以上となると、中小企業の経営者の多くはこの対象になるはずだし、今後、金額のラインが下がることは間違いないだろう。所得が1000万円超、資産が1億円以上と下方修正されたら、サラリーマンにも続々と該当者は出てくるはずだ。そしてそう遠くない将来、バランスシートそのものも、より子細なものが求められるようになるだろう。大事な大事なプライバシーを守りたいなら、マイナンバー制度よりもこの財産債務調書制度に反対すべきではないか。

この制度は今のところ、富裕層をターゲットにしたものだ。ほかにも、1億円以上の有価証券を持つ人が海外移住するときには、たとえ売却前であっても、有価証券の取得原価だけでなく含み益も課税対象とするなど、富裕層の海外流出を食い止め、そこからできるだけ搾り取ろうという日本政府の真剣味が感じられる。本来、金もうけだけを理由に日本を出ようとする人は、日本語で生活ができ、会いたいときに友人と会え、天ぷらと歌舞伎と卵かけご飯がすぐそこにあるありがたさを理解できない、あるいはそういったことに興味を持てない人たちなので、好きに出て行ってもらって構わないのではないかと思うが、政府としてはそうも行かないのだろう。

ともあれ、見識のある富裕層はこれまで以上に、簡単には海外移住をしなくなるだろう。そしてその結果として、国内の富裕層向けマーケットが活性化する可能性がある。持っていても動かしても課税対象になるので、使わないと損になるからだ。2015年1月の相続税増税でその傾向はすでに見えてきていたが、年が明けるとその機運はさらに高まるだろう。

こうなると、実際に自分でやるかどうかは別として、富裕層向けにどういうビジネスが成立するかを考えるのに熱中してしまう。プライバシーを気にしている暇はない。

◇マイクロソフトのアメリカでの同窓会

２０１５年9月、シアトルへ2泊3日の旅に行ってきた。Windows 95が発売されて20年になるので、当時の開発チームが集まり、ちょっとした同窓会を催すことになったのだ。セールス部門幹部にも声が掛かった。

久しぶりのシアトルは、見違えるようになっていた。もともと、クラシカルな建物と風光明媚な自然が混在したシアトルは、東海岸のボストンと西海岸のサンフランシスコを合わせたような魅力を持つ、日本人好みのしっとりとした街だ。

かつてはホームレスが集まる場所もあったが、今はそこに高層アパートなどが立ち並んでいる。見違えるほどリッチな街に変身していた。そこに本社を置くアマゾンが大量に新規採用したため、新しい住居が必要になってきているというのだ。

街の変化には驚いたが、ほかは変わっていないことにも驚かされた。マイクロソフト元ＣＥＯのスティーブ・バルマーは私を一目見るなり「誕生日おめでとう！　日本じゃ特別に60歳を祝うんだよね」と言ってきた。そして、来年の3月まではオレのほうが1歳若いと胸を張った。確かに彼は早生まれの同学年。相変わらずの素晴らしい記憶力だ。そのバルマーはWindows 95の頃と変わらない髪型をしていた。やっぱり髪は増えてないねえと言うと、またそれかと笑う。どうも、私は以前も髪の話をしたようなのだが、覚えていない。今回もパーティ会場で「あの問題にぶち当たったときのあの決断はすごかったですね」などと言われもしたのだが、自分では問題にぶち当たったことも、決断したことも忘れている。私の記憶力も相変わらずだ。

しかし、Windows 95が一世を風靡したOSであることくらいは、さすがの私も覚えている。当時、マイクロソフトはその開発と同時並行で、Windows NTというOSの開発も進めていた。その頃のパソコン雑誌には家庭向けの95、企業向けのNTなどと書かれていたが、開発をする側にはそういった区別よりも、それぞれの開発チームのリーダーのほうが重要だった。リーダーは互いにライバルであり、技術者だけでなく、私のようなセールスマーケティングの人間も、そのどちらかを心情的に支持していた。

今回は95チームの集いだ。当時NTはカイロ、95はシカゴという開発コード名で呼ばれていたのだが、シカゴの開発を率いたブラッド・シルバーバーグを始め、壇上で挨拶をした人たちは口々に「カイロにいたときは会議ばかりで辟易したが、シカゴに移ってからは毎日プログラミングができて素晴らしい環境だった」などと、シカゴ可愛さが募るあまり、カイロの悪口も言っていた。事情を知らないエジプト関係者が聞いたら気分を害するのではないかと心配になったが、しかしそれも、開発・販売した製品への愛の深さがあってこそで、20年を経ても彼らの胸のうちにあることが、しみじみと伝わってきた。

劇的に変わっていることもあった。マイクロソフトの一時代を築

いたはずのパーティ出席者の多くがｉＰｈｏｎｅを持っていたことである。何人かの自宅にもお邪魔したが、全員MacBookを使っていた。当時では考えられなかったが、つまるところ、彼らは素敵な技術が好きなのだ。

Windows 95は、ことあるごとに爆弾マークを出して固まってしまう、不安定なアップルのOSを超えようと作られたものだ。その頃は、アップルよりも自分たちの方がクールなものを作っているという自負があった。だからこその95愛である。しかしこの20年間で、アップルは多大な努力をし、95愛の深い我々の手にもその製品を握らせた。アップルの成長を誰よりも理解しているのは、95チームの面々なのかもしれない。

◇大きな夢や目標なんぞ持たない

還暦を迎え、すっかりくたびれてしまった。半月もヨーロッパを旅行したり、帰国したと思ったら2日後にはアメリカへ行ったりしていたので、疲れるのは当たり前なのだが、あまりに還暦、還暦と言われたせいでもあるだろう。こんなことなら、還暦祝いなどすべきではなかったかもしれない。

それは半ば冗談としても、60歳になったのを機に、何かやってみたいことはあるかと聞かれると、特にない。20歳の時の私も、40歳の時の私も、同じ答えをしていた。これまで私は、夢や目標といったものを持たない人生を歩んできた。その日にやりたいことはある。しかし、達成したいことを夢見て、それに向けて歩みを進めるようなことはしたことがない。おそらく、そうせずとも生きられるだけの運があったからだとは思うが、私のように才能なきものにとって、達成不可能な夢や目標を描くと、ろくなことがないように思えるのだ。

へたに大きな夢や目標を持って、達成できなければ、挫折感から人生の敗北者と思い込んでしまいそうだ。逆に簡単に達成可能な目標では、こぢんまりとした人生になってしまいそうだ。塩梅《あんばい》のよい夢や目標を設定することは、じつは非常に難しく、それこそ生まれつきの才能が必要なのではないかと思えるほどだ。

私がいた当時のマイクロソフトは、そのあたりの割り切りができた会社であった。ある国のパソコン市場が成長しなければ、そこでの売り上げが伸びないのは当然と受け止めていたし、その代わり、成長する市場で売り上げを伸ばせない場合は徹底的にその原因を分析し対策を講じ、努力が足りずに数字を出せない担当者の首をすげ替えるなどしていた。

実に論理的で、「チャレンジ」だとか「総活躍」とかいった根性論が入り込む余地はなかった。マイクロソフトが行ってきたのは、その日のベストを尽くすこと、その積み重ねである。

私がＨＯＮＺというノンフィクションの書評サイトを２０１１年に始めたのは、『キュレーションの時代』という本の著者である佐々木俊尚さんと話をする中で、本のキュレーション、すなわち上から目線の評論ではなく、美術館の学芸員のようにただただ面白い本を紹介することを思いついたからだ。勉強会という名目で密かにメンバーを選抜してみようと集めたら、なんと参加した全員が、勉強をする必要がないほどちゃんとした書評を書けたのだ。そこでいきなりＨＯＮＺを設立。つまりＨＯＮＺは偶然の産物なのである。このようなサイトを作ろうと思って作ったのではなく、気づいたらできていたと言ってもいいだろう。

その意味で自分は運が良いだけだと思う。だからストレスとは無縁だ。日本はメンタルを病む人の割合が高いようだが、それは無理難題に近い、しかも抽象的な目標を与えられ、外部要因とは無関係にそれを達成するよう強いられているからではないか。もっと気楽に生きればいいはずだ。

その代わり、今日やりたいこと、明日やりたいことはたくさん持っておくべきだ。私の場合はそれが読書であり、プラモデル製作であり、歌舞伎見物である。これでは寿命が２００年あっても足りない。

長生きしたければ体を鍛えよと言われることもあるが、私は長寿を全うしたスポーツマンをあまり知らない。むしろ、室内で手先を動かすことを好む人の方がいつまでも若く、長く生きたように思える。まど・みちお１０４歳、シャガール97歳、やなせたかし94歳、朝比奈隆93歳、葛飾北斎88歳。ミケランジェロは88歳まで生きてい

る。下手に体を鍛えて寿命が縮まっては困る。それでも、ゴルフだけは続けるつもりというい い加減さは、私を長生きさせるはずだ。

◇歴史上の人物に「会ってみる」

ＮＨＫの時代劇が面白い。大河『真田丸』はもちろん、残念ながら終わってしまった朝ドラ『あさが来た』、木曜時代劇『ちかえもん』など、どれもすこぶる面白かった。今後も楽しみだ。なぜなのか考えてみると、台詞が面白いのだと思い至った。

時折、歴史上の人物にインタビューできるとしたら、誰に聞いてみたいかという話になることがある。しかし、私はインタビューなどしたくない。インタビューには入念な準備と当意即妙の切り返しが必要で、かつ、相手に「この人にインタビューされて良かった」という満足感を与えねばならないという、プレッシャーのかかるものだからだ。それよりも、いろいろなものを目撃してしまうドラマの家政婦よろしく、話を立ち聞きしたい。

たとえば、徳川家光と保科正之の会話だ。

言うまでもなく家光は徳川幕府の3代将軍。2代将軍秀忠の嫡男で、徳川幕府の屋台骨を強化したことで知られている。保科正之は家光の異母弟。重用されてしかるべき星の下に生まれたが、大奥の事情から武田信玄の次女・見性院に幼少期を育てられ、その後、信濃高遠藩に養子に出されるなど恵まれているとは言えない環境で育った。

ところが、家光はこの正之に目をかけた。正之は後に明暦の大火の際、焼けた江戸城の天守の再建より町の復興を優先させると決めた名君だ。これほど優秀で、かつ弟としてではなく家臣として仕えようとした正之を家光は意気に感じ、最期には自らの死の床で「宗家を頼む」と言い残した。これが正之の治めていた会津藩が最後まで佐幕を貫くきっかけとなるのは、歴史好きならご存じであろう。

私はこの兄弟の会話を聞いてみたいのである。

公の場では、正之はもちろん家光を「上様」と呼んだであろう。しかし、二人きりの時に家光に促されて「兄上」と呼ぶことはなかったか。家光の側も信玄の娘に無関心なはずがないから「どんな女性？　怒ると怖い？」といったことを聞いたかもしれない。17世紀に日本に生きていても、ほとんどの人は知り得なかったであろう会話に、私は傍らで耳をそばだてたい。

また、紀元前14世紀のエジプトの、アメンホテプ4世とその息子トゥトアンクアテンの会話にも興味がある。精神分析学者のジークムント・フロイトは晩年に、ユダヤ教徒である自らに向き合って『モーセと一神教』という本を著している。それによると、多神教が信仰されていた古代エジプトでそれを否定し、一神教を最初に唱えたのはアメンホテプ4世であったという。

その唯一の神とは太陽神で、アメンホテプ4世は、自身の名を太陽神に愛される者という意味のアクエンアテンと変えている。トゥトアンクアテンという息子の名は、太陽神の生ける似姿という意味だ。アメンホテプ4世改めアクエンアテンがもし一神教を唱えなければ、その後、ユダヤ教もキリスト教も生まれなかったのではないかというのは歴史の最大のｉｆのひとつである。

大それたことを言い出した父を、息子トゥトアンクアテンはどんな思いで見ていたのだろう。時には「父ちゃん、本当に神様は一人？」などと聞いていたかもしれない。こういった他愛のない会話に、歴史学者の多くは興味を持たないだろう。しかし私は、身近な人の素朴な疑問に、ファラオが何と答えたかに興味津々だ。私がタイムスリップしてアクエンアテンにインタビューした場合の答えと、息子が何の気なしに尋ねたときの答えは、同じものではないと思う。だからこそ彼の本音を立ち聞きという手法で聞いてみたい。

なお、トゥトアンクアテンは後に、名前を伝統的な神に由来するトゥトアンクアメン、すなわちツタンカーメンに改めている。

◇楽しく死ぬ

初詣には行かない、クリスマスは祝わない、結婚式は人前式で行った、墓はいらない、などと公言していると、無神論者だとか無宗教だとか言われる。自分でもそう言ったことがあるような気がするが、実際には少し違うと感じている。

たとえば、私は十字架を踏みつけることはできないし、コーランを破り捨てることもできない。もちろんお守りを切り刻むことなんかできない。文化人類学者のルース・ベネディクトは『菊と刀』で日本の文化は恥の文化であり、欧米的な罪の文化とは異なると指摘したが、日本は罰の文化であると私は思う。バツではなく、バチ。バチに当たりたくないのだ。おそらく、その程度のものが私の中にもあるのだろう。

ただ、バチへの恐れと死の恐れは別物だ。私は死を怖いとは思わない。怖いのは老いること、老いて今のようには自由が利かなくなることだ。だからあらゆる手段を講じて老いに対抗している。同世代の人たちよりも確実に多くのサプリメントを摂取していることは間違いない。ビタミンB、ビタミンC、ビタミンE、そして乳酸菌。もちろん、アンチエイジングのためである。

アンチエイジングには運動も必要という説があるが、これにはとりたてて着目していない。健康寿命を伸ばすことに本当に運動が有効なのか、疑わしく思っているからだ。正直に言うと、あまり運動が好きではないのも一因だ。とはいえ、運動をしないからと言って、それでバチが当たるとも思えない。

なんとか元気なまま老いて、そして死んだらそれまでだ。葬式などせず死亡記事も載せず、放っておいてもらいたい。もしも私が自分の葬儀に出席し「誰が来ているか」「誰が泣いているか」

をチェックできるなら大いに葬儀を催したいが、残念ながらそれはできない。であれば私にとって、葬儀など無駄だ。葬儀をすることは私のために人が集まり、悲しむことを強要するような思いにとらわれて、なんだか気が引ける。

ただ、葬儀は遺された者のためのものだ。忙しく立ち働くことで、つかの間、身近な人を失った悲しみを忘れられる。誰かが言っていたような気がするが、若くして死した人の葬儀は、盛大に行った方がいいと私も思う。不慮の死に動揺する家族や親しい人たちの気持ちが、そのセレモニーを実施することで少しでも紛れるなら、それは悪くないどころか、必要なことだろう。

しかし、天寿を全うした人にとっては、大きな葬式は必要ないと思う。周りもその死を肯定的に受け止めるであろうし、誤解を恐れず言えば、大往生をしてなお大がかりに葬儀をしてもらいたいなどというのは品がない。

だから私の葬儀はご遠慮願いたいのだが、それは遺された側に委ねることにしている。ただ、繰り返しになるが、墓は不要だ。

とはいえ、娘の家に私の骨壺を保管し続けてもらいたいわけでもないから将来は散骨してもらうことになるだろう。であればどこがいいかと思っていたところ、素晴らしいニュースを耳にした。

遺灰からダイヤモンドが作れるというのである。確かに、炭素に高圧をかければダイヤモンドは人造できる。そのようなサービスがあると知って私は決めた。私は死んだらダイヤになりたい。そして、どこかの街の御神輿《おみこし》や山車《だし》の飾りとなって、賑やかななかで死後を過ごすのだ。

そのダイヤの色は、遺灰の成分によって青みがかることもあるそうだが、私としては無色透明が好ましい。そのためにはどんなサプリメントを飲んだらいいのかが、目下の関心事のひとつである。

あとがき

帯の写真を見て驚いた。いつのまにかプクプクに太ってしまっているではないか。三重アゴになっているどころか、ワイシャツから首の肉がはみ出しているではないか。編集者に写真を使うなら定番の写真にして、帯にはSNSの赤いアイコンを使ってくれと懇願したのだがあっさりと無視された。たまには上天丼ぐらい奢っておくべきだった。

親愛なる読者におかれては、いますぐ帯を外してシュレッダーにかけていただきたい。くれぐれも帯がついたままの書影をSNSなどにアップされないよう、ご配慮願いたい。もし、どうしてもアップするのであれば、「面白かった！　これが買いだ！」などと感嘆符付きで一言付け加えていただきたい。編集者ともども感涙に咽ぶであろう。なにとぞよろしくお願いいたします。

ともあれ、こんなプクプクのおじさんに「私のキュレーション術」だと言われても読者は困るのではないか。キュレーターとは美術館や博物館の職員で、展覧会の企画や運営などをつかさどる専門職のことだ。紳士のキュレーターであればロマンスグレーでツイードのジャケット、淑女のキュレーターであればボブヘアーでテーラードスーツで決まりだ。15年前のスーツを着て、困ったように笑っているプクプクの元ビジネスマンとは大違いなのだ。

そんなプクプクのおじさんがキュレーションするのはちょっとした日常品であり、なくてはならないものとなったITのヒントであり、なによりも生きやすくなるための考え方だ。要するに気楽に生きていくためのヒントである。当然、気楽に生きていくとプクプクになるのである。帯の写真はその証明なのだ。

テレビやネットを見ていると、中東紛争や東アジア情勢、世界経済の低迷懸念などの暗いニュースのオンパレードで、気楽な生き方を忘れてしまいそうになる。本書はその中にあって、時代に対して逆張りすることこそ大切だということを伝えたかったのだ。その企みが上首尾だったかどうかは判らない。しかし、少なくともモリナガ・ヨウさんのイラストだけは楽しめると確信をもっている。毎回どのように打ち返してくれるのか本当に楽しみだった。稀有な絵描きである。

連載中には週刊新潮編集部の林健一さんにお世話になった。毎回顔色が違う好青年だ。徹夜で張りこんだのか、週刊文春にスクープを許したのか、疲れ果てていることが多いのだが、週刊誌の編集部というのはなんとも魅力的な職場に見える。単行本化にあたっては足立真穂さんにご指導いただいた。ご本人はご指導していると思ってないし、ご指導される方もそう思っていないのだが、不思議にどんな書き手も結果的にご指導されているという感じになるのだ。プロ。

構成は相棒の片瀬京子さんにお願いした。こちらもプロなのだが、じつに素直なプロだ。あるスニーカーをおすすめしたら、まったく同じものを買ってきたことがある。ペアルックになってしまったではないか。

みんなまとめて感謝いたします。

本書は、『週刊新潮』の連載「逆張りの思考」の第1回（2014年1月30日号）から第108回（2016年3月31日号）までを抜粋し、加筆修正の上まとめたものです。

イラスト　モリナガ・ヨウ
構成　片瀬京子

カバー装画　南暁子
帯写真　菅野健児（新潮社写真部）
装幀　新潮社装幀室

成毛眞　Naruke Makoto

1955（昭和30）年北海道生れ。中央大学卒業後、自動車部品メーカーなどを経て、1986年マイクロソフト株式会社に入社。1991（平成3）年、同社代表取締役社長に就任。2000年に退社後、投資コンサルティング会社「インスパイア」を設立。現在は早稲田大学客員教授、スルガ銀行社外取締役ほか、書評サイト「HONZ」代表を務める。著作に『面白い本』『大人げない大人になれ！』『ビジネスマンへの歌舞伎案内』『メガ！　巨大技術の現場へ、ゴー』など。

これが「買《か》い」だ
私《わたし》のキュレーション術《じゅつ》

著　者　成《なる》毛《け》眞《まこと》

発　行　2016年4月15日

発行者　佐藤隆信
発行所　株式会社新潮社　郵便番号162-8711
東京都新宿区矢来町71
電話：編集部　03-3266-5611
読者係　03-3266-5111
http://www.shinchosha.co.jp
印刷所　大日本印刷株式会社
製本所　大口製本印刷株式会社

ISBN978-4-10-329223-4　C0095
価格はカバーに表示してあります。